Manuel Garcia

Les amants du canal du Midi

Roman Policier

À
Paul-Mathieu
Matias
Emma
Grégoire
Rafaël
mes petits-enfants,

PRÉFACE

S'il n'était entré dans l'Histoire, le Canal du Midi relèverait de ces anticipations aujourd'hui considérées comme de la science-fiction. Mais la décision d'un souverain et la détermination d'un homme l'ont réalisé.

« Louis par la grâce de Dieu, Roy de France », ordonne la construction d'un moyen d'irriguer le Languedoc de tous les bienfaits d'une nouvelle voie de communication et d'apporter la richesse résultant d'un meilleur transport des marchandises et des voyageurs. Nous sommes le 7 octobre 1666, une pluie diluvienne s'abat sur Versailles, et le roi Louis XIV vient de signer l'édit royal autorisant la construction du Canal du Midi par Pierre-Paul Riquet.

Ce que le Roi-Soleil et Pierre-Paul Riquet étaient loin d'imaginer, c'est que le Canal du Midi allait produire, au cours des siècles, ses propres histoires, ses faits divers et ses légendes.

Certaines narrations dépassent en beauté les meilleures fictions. Et il est des destinées vouées à la fatalité, des vies qui deviennent des légendes. L'affaire qui va être contée dispose de tous les ingrédients du genre : névroses, adultères, bras de fer judiciaire, émotion publique, tragédie intime. De propos délibéré, l'histoire a été déplacée de son temps, de son lieu et des personnages romanesques apparaissent à l'improviste, dans l'ombre des platanes, au silence seulement troublé par le chant des cigales.

Le roi Louis XIV ne connaissait certainement pas le village de Mirepeisset, même par ouï-dire, mais, qui sait : l'histoire des amants du Canal du Midi aurait-elle été racontée à la « cour », elle l'aurait peut-être incité à découvrir ce village ensoleillé et ses légendes. Sachant que ceci, est une autre histoire…

Les touristes qui savourent un rosé bien frais sur le pont des péniches glissant sur le canal, aussi silencieuses que les carpes qui les observent, s'attendrissent au spectacle du vert des vignes infinies ponctué du rouge des toits de tuiles des cabanons. Paysage figé de soleil, sans cesse renouvelé par les platanes qui le découpent au fil de l'eau.

Un calme hiératique qui recouvre bien des passions, tolérées par tous, car partagées à des degrés divers, mais que les contraintes de la vie sociale obligent à dissimuler.

Notre époque est volontiers indulgente aux dérèglements de toutes sortes, sauf dans un cas précis : lorsque la transgression va jusqu'à supprimer une vie. À la hantise du désordre social s'ajoute l'horreur, ancrée en chacun de nous, de s'approprier ce qui n'appartient qu'à Dieu, le choix de l'heure de la mort.

L'enquête policière se déclenche alors, et puise, dans le mélange détonnant des cervelles pétries d'interdits et de rancœurs, la vérité d'une société fragile, qui n'en finit pas de contraindre ses haines et ses refoulements.

Certes, les lois interviennent. Toutefois, en dépit des dispositions prises pour leur application optimale, elles peuvent s'égarer. Et la solution naît alors de la volonté de l'enquêteur, capable d'allier la rigueur professionnelle aux exigences du cœur...

Mirepeisset et l'histoire des amants du Canal du Midi en sont un exemple.

MIREPEISSET

Cinq heures du matin. En ce samedi 17 janvier 1970, un vent glacial balaie les rues du petit village de Mirepeisset, dans l'Aude. Les bourrasques plaquent sur l'asphalte des tourbillons de flocons cotonneux qui fondent aussitôt. Les rues sont désertes, ou presque. Presque, car René, l'employé communal, secondé par son cheval Tornado, attelé à une grinçante charrette, commence sa journée. Le charroi arpente les rues selon un parcours immuable. Tornado, le mal nommé, mais un serviteur docile, s'arrête devant chaque pas de porte. René saisit et vide la poubelle. La petite cité dort encore. Pour l'heure, rien ne vient perturber le rite bien rodé de la collecte matinale des ordures dans la commune de Mirepeisset.

Le village rassemble quelque 350 âmes. De toutes les interprétations possibles de son nom me parait s'imposer celle de « miroir aux poissons ». Les poissons, en effet, abondent dans la Cesse dont le lit traverse le village, avant qu'une rigole d'alimentation, ourlée de majestueux platanes ne la dévie sur deux kilomètres, jusqu'au canal du Midi, au lieu-dit la Porte Minervoise. Ce cours d'eau est enjambé par sept ponts, ce qui en fait une curiosité.

En amont du village, l'ancien lit de la Cesse s'est déplacé lors de la grande crue de 1875 et l'homme a construit un barrage, appelé « la Garenne », créant ainsi un plan d'eau très prisé des amateurs de baignade, dans un paysage propice aux pique-niques, aux balades et aux rendez-vous… La solitude, le calme et la beauté du lieu incitent à la rêverie et aux épanchements du cœur. Les berges font le bonheur des pêcheurs et des promeneurs. Cette réserve d'eau permet aussi l'irrigation des vignes et des arbres fruitiers. L'été, c'est avec une pointe de jalousie teintée de fierté que les autochtones assistent à l'invasion de leur chère Garenne par les touristes en mal de nature. Ici, l'eau a toujours abondé comme le prouvent les vestiges de l'aqueduc romain qui traverse la commune d'est en ouest.

Un aqueduc dont la construction relève d'ailleurs d'une légende, soigneusement entretenue et pieusement transmise sur le ton de la fausse confidence : celle du trou du diable. Elle rapporte qu'en un temps lointain, la source de Mirepeisset, bienfaitrice de l'abbaye de Fontcalvy, située à proximité du village d'Ouveillan, se tarit soudain, et cela au grand dam de frère Tiburce, moine chargé du transport du précieux liquide jusqu'à l'abbaye. Il en était atterré.

— Comment donc trouver de l'eau ? » ruminait-il à l'ombre d'un olivier.

Le soleil déclinait. Sa lancinante question restait sans réponse. C'est alors que le diable lui apparut et lui proposa un marché :

— Donne-moi ton âme et en échange, je t'apporterai ce que tu désires. En une nuit, je bâtirai un ouvrage et au petit matin, au chant du coq, l'eau coulera de nouveau à Mirepeisset et Fontcalvy. Plus de longs transports, plus de fatigue !

Après réflexion, le frère Tiburce accepta ce pacte, pensant qu'il trouverait un moyen de circonvenir le diable. Il fit semblant de partir et se cacha derrière les oliviers, curieux de le voir à l'œuvre. Il s'assoupit, puis, sursauta quand, dans la nuit, retentirent les bruits des travaux diaboliques. Un vacarme qui ne cessa que lorsque le diable eut terminé son œuvre. Un aqueduc flambant neuf irriguait la plaine. Le moine n'en croyait pas ses yeux.

Le jour commençait à se lever et le coq allait bientôt chanter. Et frère Tiburce qui avait promis son âme ! Par bonheur, il s'était confié à une servante, rompue à tous les stratagèmes qu'inspire l'humble condition des domestiques. Elle se saisit du coq avant qu'il ne chante et lui encapuchonna la tête. La pauvre bête se crut ainsi encore dans le noir et s'abstint de chanter. Découvrant la ruse, le Malin qui, en l'occurrence, ne l'était pas du tout, entra dans une fureur noire et s'enfuit, défoulant sa colère sous la forme d'éclairs et de coups de tonnerre qui effrayèrent fort les moines. Le déluge finit par s'épuiser, cessa, et frère Tiburce n'eut pas à donner son âme. Depuis l'eau coule à la Font Rabasse, qui porte en souvenir, le nom de Trou du Diable.

Ainsi va la légende, qui garde le secret de la façon dont frère Tiburce remercia l'artificieuse servante.

À Mirepeisset, tout le monde se connaît. Il y fait bon vivre. La plupart des hommes travaillent en plein air, vignerons aguerris par leur dure confrontation avec la nature. Au terme de leur journée, ils aiment se retrouver sur la placette, au café « Chez Léon », pittoresque composante de la sacro-sainte trilogie rurale que forment l'école, l'église et le bistrot.

Le bistrot est la version française de l'art de se rencontrer tel qu'on le pratique dans les pays latins. Ancré dans notre patrimoine culturel, il est un peu le point névralgique du village. Bien plus qu'un lieu de consommation, le bistro est un peu le « sénat » de la cité où les histoires se font et se défont. Il est, par excellence, le point de rencontre des générations.

C'est dans ce café que tous les jours, dès dix-huit heures, les hommes se retrouvent, jusqu'au souper, pour disputer la rituelle partie de belote dont l'apéro est l'enjeu. Le pastis, la Suze et même le Clacquesin, dont on dit que les femmes sans poitrines ont abusé, emplissent les verres. Les vapeurs de ces troublants breuvages aidant, on refait le monde, on se confie, on évoque volontiers le passé douloureux de la guerre d'Algérie et des premiers immigrés espagnols de la commune, qui ont ouvert la voie à leurs compatriotes chassés de leur pays par le chômage et la dictature de Franco. Les Hispaniques de Mirepeisset viennent surtout d'Andalousie. Ils se cooptent pour travailler dans le même terroir, souvent chez le même patron et apportent avec eux leurs coutumes, leur sens de la fête et leur convivialité.

Le café de Léon, seul lieu de distraction de la cité, a pendant des décennies été le creuset de rapprochements infinis et a résonné d'histoires tant enjolivées qu'elles en sont devenues invraisemblables. La jeunesse fréquentait cet établissement. Que de couples se sont formés ici, que d'amoureux éconduits ou comblés se sont assis sur ses banquettes de cuir ! Ah, si les murs pouvaient parler ! Mais par bonheur les vieux murs ont toujours, eux, pratiqué la discrétion.

De nos jours ce bistrot n'existe plus. Un restaurant le remplace.

Le dimanche, jour de repos très respecté, croyants et non-croyants, hommes vêtus de costumes et dames parées de leurs plus beaux atours, assistent à l'office sous l'œil vigilant de l'abbé Simon en la remarquable église Saint-Sébastien. C'est la fierté du village. Son origine remonte au XIe siècle. Conforme au socle romano-gothique de notre architecture religieuse, elle présente cependant l'originalité de posséder un clocher du type tour sarrasine, sans pointe, sans flèche, mais à toit plat. L'œuvre est nommément désignée dans la bulle du pape cadurcien Jean XXII au XIVe siècle. À l'intérieur, sculptures, vitraux, peintures confirment l'intérêt suscité par le premier contact. La chaire en marbre de Carrare et l'imposante cuve de pierre lui vaut son classement aux Monuments Historiques de France. Le maître-autel, lui aussi de marbre, attire les photographes. La nef, entièrement rénovée en 1895, à l'initiative de l'abbé Maury, n'a pas changé depuis. On sait que les dalles recèlent quarante-deux sépultures. L'une d'elles serait celle d'un des premiers prêtres de l'église Saint-Sébastien, l'abbé Miquel. Le goût inné du mystère, c'est-à-dire du caché, a aussi étendu un voile de légende sur cette nécropole, car on murmure qu'elle renferme une partie du trésor des Templiers qu'aurait découvert l'abbé Saunière à Rennes-le-Château.

Au fait, pourquoi a-t-il échu à Saint-Sébastien de protéger Mirepeisset ? On ne sait trop. On avance sans grande conviction que Sébastien serait né tout près de Mirepeisset, à Narbonne. L'explication manque de rigueur. On raconte aux enfants que viennent catéchiser les bonnes sœurs de Sallèles d'Aude que le futur saint Sébastien, chrétien discret et soldat de carrière dans les légions des empereurs Dioclétien et Maximien Hercule, fut distingué pour son courage et promu capitaine de la garde prétorienne de Dioclétien. Mais il fut dénoncé pour sa mansuétude à l'égard des chrétiens persécutés et condamné à être transpercé de flèches par ses propres archers. Grâce à deux femmes au grand cœur, il survécut et, aussitôt guéri, affronta ouvertement Dioclétien. Cette fois, l'empereur le condamna à mourir sous les coups de bâton. Son corps fut jeté dans un égout. C'était en l'an 288. On attribue plusieurs miracles à saint Sébastien. Entre autres, il aurait rendu la parole à une muette du nom de Zoé. De tout temps on a eu recours à lui contre les maladies, la peste en particulier. Il est très représenté dans les arts, surtout en peinture. On devine dans son apparente indifférence aux traits qui le transpercent la preuve qu'il appartenait déjà à un autre monde, celui des bienheureux. Son tombeau se trouve à Rome, en l'église San Sébastiano, à l'amorce de la Via Appia. Sa statue dans l'église du village inspire une sincère compassion aux enfants qui entendent son histoire.

D'autres lieux retiennent aussi l'intérêt des visiteurs, tels l'ancien moulin fort bien restauré à la sortie du village et la placette fleurie qui offre un bienfaisant repos aux promeneurs. Sait-on que Mirepeisset a été bâti en amphithéâtre dans un méandre de la Cesse, autour d'un château féodal destiné à le protéger ? Un château qui n'existe plus. Les guerres, les intempéries et la volonté même de l'homme ont eu raison de lui. Seule a survécu la porte d'accès menant à la rue du Carrassier. Au fronton, un authentique joyau, une horloge, indifférente aux assauts du temps, sonne toutes les heures. Notons que l'endroit a retrouvé sa fonction tutélaire puisqu'il abrite aujourd'hui l'hôtel de ville, lieu par excellence de la vie collective organisée.

On ne peut quitter Mirepeisset sans admirer un chef d'œuvre réalisé en 1892 par un ingénieur dont ne subsiste, au-delà de ce qu'il a bâti, que l'admiration qu'inspire son habileté à manier l'équerre et le compas. Il est en effet l'auteur d'une rareté, le pont à quatre arches qui domine la Cesse et mérite notre considération.

Éternel symbole que le pont, qui relie les hommes au prix d'une victoire intellectuelle, technique et physique sur la nature, édifice qui donne accès au meilleur et au pire du monde extérieur et grâce auquel s'élabore, au fil des siècles, l'art difficile du vivre ensemble, fait du délicat compromis entre l'aspiration à la liberté et le besoin des autres, entre la peur et le rêve de la sécurité, entre l'instinct et la loi.

Ainsi va la société. Le plus souvent, elle parvient à l'équilibre, pour le bien de tous. Mais parfois, à l'improviste, l'intolérable surgit.

LA MORT DE JOSÉ SALVADOR

Tout commença ce samedi 17 janvier 1970, vers cinq heures du matin, lorsque la sonnerie du téléphone retentit dans l'appartement du gendarme de permanence à la brigade territoriale de Ginestas, dans l'Aude. Premier appel nocturne, ou du moins matinal, de cette unité habituellement calme. Encore endormi, Delorme se lève à tâtons et se dirige en somnambule, sans actionner l'interrupteur, vers le couloir menant dans le hall d'entrée. Là où, posé sur un meuble, l'appareil émet toujours ses stridences. Il décroche enfin.

À l'autre bout, une voix d'homme, brisée par l'âge et l'émotion, lui assène alors un message confus fait de français rugueux, de voyelles espagnoles et d'exclamations occitanes. Récemment arrivé des plaines septentrionales du pays chti, le gendarme Delorme peine à comprendre ce français approximatif. Il saisit cependant le nom de son interlocuteur : Juan Salvador, du village voisin de Mirepeisset. Il lui demande de reformuler calmement le motif de son appel et de préciser son adresse. Juan s'exécute :

— J'habite rue du Minervois. Venez vite, on a tué mon fils José. Il est allongé dans la cuisine, il y a du sang partout. Je ne sais pas pourquoi ça s'est passé. C'est un accident !

— Surtout ne touchez à rien. J'envoie les gendarmes immédiatement, répond le militaire.

Delorme raccroche, puis s'empresse de rendre compte à l'adjudant Laffont, commandant de la brigade, lequel décide d'intervenir.

— Appelez-moi Mari et Dupin pour qu'ils m'accompagnent sur place, lance-t-il à Delorme.

Aussitôt dit, aussitôt fait.

Mari est un jeune gendarme, grand et sportif, qui compte une dizaine d'années de service. Après six mois à l'école de gendarmerie de Châtellerault, son classement lui a permis d'obtenir sa première affectation dans le midi, à la brigade territoriale de gendarmerie de Ginestas, dans le département de l'Aude. Originaire de la région d'Auvergne, il a choisi ce village du sud de la France pour son climat ensoleillé. Ambitieux et motivé, il prépare assidument le concours d'officier de police judiciaire qui lui permettrait de postuler à un poste en Brigade de Recherches, son rêve, sachant que cette unité de la gendarmerie nationale est très convoitée. Pendant longtemps, la sélection pour l'intégrer ne s'est faite que par cooptation, ce qui en principe permettait de ne pas se tromper sur le candidat retenu, mais ça a changé récemment. La cooptation n'est plus une obligation et le postulant prend maintenant rang dans la liste des demandes. Ainsi tous ont une chance de rejoindre ces Brigades de Recherches (BR), qui sont des unités vouées à l'exercice de la police judiciaire. Composées d'OPJ spécialisés dans les affaires criminelles hors du commun, elles disposent de compétences particulières pour les missions d'intervention lors d'enquêtes judiciaires. Elles peuvent intervenir tant au niveau national qu'international sur commission rogatoire du magistrat mandant.

Âgé d'une quarantaine d'années, le gendarme Dupin est tout le contraire de son collègue. Natif du petit village de Sallèles d'Aude, à quelques kilomètres de son lieu de résidence, il aspire à la tranquillité et la promotion ne l'intéresse pas. C'est décidé, il restera simple gendarme. De taille moyenne, légèrement bedonnant, le crâne dégarni, il inspire la sympathie. Passionné de nature et de chasse, il est entré en gendarmerie par opportunité. Mais il a très vite attrapé « le virus de la fonction », et est devenu un bon élément apprécié de tous.

En poste à Ginestas depuis des années, l'adjudant Laffont est connu et respecté dans le canton, qu'il protège paternellement. C'est un « vieux soldat » qui connaît bien la population. Originaire de la commune voisine d'Ouveillan, il préfère la résidence à l'avancement, selon un choix constant et revendiqué. Ses talents de négociateur ont résolu bien des problèmes et maintenu la paix sociale sur un territoire sans délinquance autre que des infractions au code de la route. Il en est fier et prend rang dans la circonscription parmi les notables, comme le maire, l'instituteur et le curé. Issu d'une famille de terriens, il connaît les difficultés de la profession viticole particulièrement agitée cette année-là et conseille la hiérarchie en la matière. Les viticulteurs sont endettés. La grogne dans le Midi viticole se fait pesante. Le vin ne se vend pas et des manifestations se préparent. À Paris, les gouvernants font la sourde oreille. Il faut veiller au grain, mais d'autres s'en chargeront. En effet, dans deux mois, il quittera l'institution et reprendra comme il se doit la petite exploitation familiale. Il emportera avec lui beaucoup de souvenirs d'une riche carrière de près de trente-cinq ans, dont un de ses biens les plus précieux : son insigne des troupes aéroportées, le fameux petit parachute ailé, qu'il a fait chromer pour qu'il étincelle sur sa poitrine, témoignage d'une vingtaine de sauts sans la moindre entorse. Il l'a obtenu lors de son service militaire. Dans son entourage, nul n'ignore que cet insigne porte le numéro 182035, qui situe l'année de son attribution. Ainsi peut-il apostropher les plus jeunes en leur demandant avec une pointe de virile condescendance de lui rappeler le numéro de leur brevet et de jouer à l'ancien. Quand il est en verve, il proclame que l'armée se partage entre « ceux qui sont passés par la portière » et les « gonfleurs d'hélices ». Tant de gloriole cache un pépère par conviction, un militaire dont le réel sérieux voile la hantise de l'erreur, source d'ennuis.

C'est donc avec une certaine anxiété qu'il monte dans l'estafette, ressassant le message du gendarme Delorme : « Juan Salvador vient de découvrir son fils José, mort, gisant sur le sol et ensanglanté ». En son for intérieur, il réfléchit et se souvient : José est un garçon calme, travailleur qui n'a jamais fait parler de lui. Depuis qu'il est séparé de son épouse, il vit chez son père. Certes c'est un fêtard, mais je ne lui connais pas d'ennemis. Qui a bien pu le tuer et pourquoi ? C'est bien ma chance ! En 25 ans de carrière à Ginestas, je n'ai jamais eu à m'occuper d'un homicide. C'est la poisse, il fallait que ça m'arrive à quelques jours de la retraite ! Bon, pas de panique ! Je ferai ce que je peux. S'il le faut j'appellerai à la rescousse les « cadors » de la Brigade de Recherches. Après tout, c'est leur job ! Mais en attendant, il faut que je fasse attention à ne pas m'entortiller les suspentes !

La patrouille de gendarmerie gagne rapidement la commune de Mirepeisset, à peine distante de cinq kilomètres. Par radio, l'adjudant demande à Delorme de prévenir le médecin du village. Ce dernier s'exécute. La demie de cinq heures sonne au clocher quand l'estafette se range dans la rue du Minervois, devant la maison de Juan Salvador. C'est la seule qui soit éclairée de l'intérieur. Elle en impose par sa façade austère et la porte charretière arquée si caractéristique de l'activité vigneronne d'autrefois. Il s'agit de l'une des plus belles bâtisses du village.

L'heure n'est pas aux évocations nostalgiques. À peine ont-ils quitté leur véhicule qu'une voix féminine les interpelle, comme jaillie de l'obscurité :

— Que se passe-t-il ?

Levant les yeux sur la façade du premier étage, face à la maison de Salvador, les trois hommes aperçoivent entre les deux volets d'une fenêtre entrebâillée un visage que l'adjudant reconnaît aussitôt. Discrètement, il chuchote à ses gendarmes : Adèle Brun, c'est l'œil de Moscou. Cette vieille dame âgée de 85 ans est veuve depuis une quarantaine d'années. Elle ne s'est jamais remariée. Elle tient son surnom de son mari, connu et moqué pour ses idées révolutionnaires très marquées, mais aussi pour les potins qu'il tirait de ses observations pour les redistribuer ensuite sur le marché local... très demandeur. Adèle a repris le flambeau. Personne ne la prend au sérieux, mais elle est plus qu'un personnage. C'est une curiosité.

— Adèle, retournez vous coucher, vous allez prendre froid, répond Laffont.

— Je n'ai plus sommeil, monsieur le gendarme.

Sur le pas de sa porte, apparaît alors Juan Salvador.

Maintenant retraité, âgé de 75 ans, cet ancien ouvrier agricole a par son sérieux, son intelligence et la confiance qu'il inspire gravi les échelons de la carrière paysanne des non-propriétaires. Il a fini régisseur du domaine de la Condamine, propriété du comte Jean de Lafenal. Chargé de l'organisation pratique et logistique des travaux de la vigne, il avait plusieurs ouvriers sous ses ordres et, à l'approche des vendanges, faisait venir d'Espagne la « colle » des vendangeurs, toujours les mêmes si possible, et toujours d'Andalousie, d'où il était originaire. C'était un bourreau du travail.

Un jour, une charrette de raisins s'est renversée sur sa jambe droite, lui brisant le col du fémur. Depuis, il se déplace difficilement, avec une canne. Il est veuf, vit paisiblement, respecté, en compagnie de son fils unique José, auquel il a transmis un modeste domaine âprement gagné et parfaitement exploité.

— Que se passe-t-il ? lui demande l'adjudant.

D'un revers de la main, Juan essuie deux larmes qu'il juge contraire à sa dignité d'homme dur, mais sa voix tremble.

— Mon fils est mort, répond le vieillard, je ne comprends pas. En me levant, je l'ai trouvé allongé dans la cuisine, avec plein de sang autour. C'est affreux.

Ses sanglots couvrent sa voix. Laffont lui demande de se calmer et le prie de rentrer dans le hall.

— Nous allons effectuer les vérifications nécessaires, dit-il.

Juan obtempère, avec peine, en s'appuyant d'abord sur la porte, puis à tâtons sur le mur. Cette difficulté à se déplacer surprend le gendarme.

— Et votre canne ? demande-t-il.

— Je l'ai laissée dans la chambre, mais ça va aller.

— Voulez-vous que j'aille la chercher ? lui propose Laffont.

— Non ! lui répond sèchement Salvador.

L'adjudant l'aide à s'asseoir sur la troisième marche de l'escalier qui mène au premier étage de l'habitation. Le vieillard pleure, sort un vieux mouchoir chiffonné de la poche de son pantalon, enfouit sa tête entre ses mains tremblotantes et répète doucement : « Mon pauvre petit, pourquoi, pourquoi ? ».

Les gendarmes commencent l'inspection.

Le rez-de-chaussée de la maison se compose d'un hall d'entrée qui sépare, d'un côté, à droite, une grande cuisine qui fait office de salon et, de l'autre, une ancienne écurie convertie en entrepôt où s'entassent, en bon ordre, les fagots de sarments, les troncs d'arbres et les vieilles souches destinés au chauffage hivernal de la maison. Un escalier central d'une dizaine de marches conduit à l'étage. La chambre de Juan se trouve à droite sur le palier. En face, les toilettes et la salle de bain. Un long couloir de tomettes couleur grenat mène ensuite à deux chambres, dont celle de José. Le deuxième étage sert de grenier. Au rez-de-chaussée, sous la cage de l'escalier, une porte donne accès à une petite cour intérieure, havre de paix domestique, ourlée de rosiers multicolores et d'odorantes lavandes entourant un majestueux olivier, amoureusement taillé, sous lequel vient se reposer Juan. Il a ainsi rendu, chez lui à Mirepeisset, un nostalgique hommage aux inégalables cours intérieures fleuries qu'affectionne l'Espagne toute entière.

Les gendarmes pénètrent ensuite dans la cuisine, dont l'immense cheminée de pierre capte tout d'abord le regard. Sur le manteau s'alignent des pots en faïence de différentes tailles. Sur la hotte, on peut encore déceler une grande croix occitane dont les années ont estompé les teintes. Dans l'âtre, s'élèvent les fumeroles d'un tronc d'arbre qui achève de se consumer, après avoir brûlé toute la nuit et réchauffé la maison. Au centre, une grande table de hêtre massif, aux pieds si épais qu'ils semblent plantés dans le sol, et contre le mur, un vaisselier du même bois, support d'une collection de photos qui racontent la vie de toute une famille. Sur l'une d'elles, la plus grande, on peut reconnaître Juan, son épouse Maria et le petit José en communiant.

Mais aujourd'hui, cet autel de la vie familiale est un sépulcre. Une forte odeur d'alcool imprègne la pièce. Tout près de la table git le corps recroquevillé d'un homme, le visage tourné vers le sol. Des taches de sang ont éclaboussé sa chemise blanche, le pantalon et le carrelage. Par terre, de multiples débris de bouteille. Sur la table, deux verres, dont l'un est vide. José aurait donc reçu une visite. Une chaise est renversée. Suite à un affrontement ? L'adjudant Laffont s'approche du corps avec précaution, reconnaît José Salvador, pose doucement l'index et le majeur de sa main gauche sur l'artère carotidienne et se rend à l'évidence : le cœur ne bat plus. Le docteur Cros arrive à cet instant précis. Petit homme frêle, mais alerte, vêtu de son éternel costume noir et coiffé d'un feutre, il a près de quatre-vingts ans. Par passion professionnelle et par attachement à la population locale, il a oublié de prendre sa retraite et continue d'exercer. Il balaye la pièce du regard, puis se décoiffe et pose sa mallette sur le sol. Il connaît bien la famille Salvador qu'il soigne depuis son installation dans le village. C'est lui qui a mis au monde le petit José voilà bientôt trente-cinq ans. Il a soigné Maria, l'épouse de Juan, pendant sa longue maladie. Le village l'admire et l'aime au point de ne pas lui reprocher quelques vénielles erreurs de diagnostic ou des prescriptions ne convenant pas à certains allergiques, tel un certain Alfredo, réfractaire à la pénicilline. L'incident avait défrayé la chronique, mais sans susciter de rancœur à l'égard d'un praticien voué au service des plus humbles. L'adjudant le salue et résume les faits à son intention. Le médecin s'approche alors du corps, procède à son examen et, quelques minutes plus tard, donne ses conclusions : la victime est décédée des suites d'un coup porté à la tempe. D'ailleurs, précise-t-il, l'hématome est encore visible. Il remarque aussi que la main droite de José présente une profonde entaille. La mort devrait remonter à une ou deux heures environ. Le médecin refuse donc de délivrer le permis d'inhumer et désigne un tesson de bouteille qui se trouve à proximité, comme l'arme du crime.

— Un coup fatal lui a été délibérément porté, ajoute-t-il.

Laffont ne peut qu'approuver ce qui lui paraît relever de l'évidence. En enquêteur chevronné, il a remarqué des traces de sang sur le loquet de la porte d'entrée, ainsi qu'en divers endroits de la table. Premier officier de police judiciaire sur les lieux, il sait qu'il agit, avec toutes les responsabilités que cela comporte, dans le cadre d'une enquête criminelle de flagrance, ce qui l'autorise à mettre en œuvre toutes les mesures nécessaires, perquisitions, auditions, saisies, réquisitions et d'autres pour le bon déroulement de l'enquête qui lui permettra, dans le meilleur des cas, de réunir les preuves indispensables à la manifestation de la vérité. L'adjudant Laffont a la hantise de l'erreur, source d'ennuis de toutes sortes. Pas de suspentes qui s'entortillent. Surtout pas ! Lui revient en mémoire la définition de la flagrance, apprise par cœur lorsqu'il préparait son examen pour devenir officier de police judiciaire : « *L'enquête est dite de flagrance lorsque l'infraction se commet actuellement, ou qu'elle vient de se commettre, troublant ainsi gravement l'ordre public, etc., etc.* ». Elle lui permet de recourir à des mesures coercitives, susceptibles de limiter la liberté individuelle des personnes concernées dans un cadre strictement défini par les textes. « Tout cela est bel et bien bon », commente intérieurement l'adjudant, « mais ce meurtre est le premier de ma longue carrière. Je n'ai aucune expérience en la matière. Non seulement je ne dois pas commettre d'erreur, mais je ne dois pas donner à mes gendarmes l'impression de la redouter. Je dois me comporter en chef ».

En ce temps-là, l'enquête de flagrance n'était pas limitée dans le temps et imposait seulement aux enquêteurs la succession ininterrompue des actes de la procédure. Mais depuis, le législateur a imposé un délai de huit jours à compter de la constatation de l'infraction. Sur décision du procureur de la République un délai supplémentaire de huit jours peut être autorisé, applicable seulement aux crimes et délits punis d'une peine d'emprisonnement supérieure ou égale à cinq ans.

À cette époque, la police scientifique n'existait pas ou n'en était qu'à ses balbutiements. Chaque brigade, chaque enquêteur, devait faire de son mieux pour relever les éléments matériels et, par ses propres moyens, reconstruire aussi minutieusement que possible le déroulement des faits. L'avis du médecin était primordial et souvent même le seul pris en considération dans le domaine médico-légal. Il s'agissait d'ailleurs plus d'un examen médical que d'une autopsie. L'adjudant Laffont demande donc au médecin de procéder à des prélèvements sanguins post mortem aux fins d'analyse et de comparaison avec les rhésus sanguins découverts, puis entreprend les constatations judiciaires dans l'habitation en prélevant avec le plus grand soin, à l'aide de cotons tiges, des échantillons de sang sur les traces visibles dans la cuisine, sur la victime, la table, le sol, les tessons de bouteilles et sur le loquet de la porte d'entrée. Ces échantillons, placés dans des flacons, seront examinés en laboratoire. Enfin, il demande aux gendarmes Dupin et Mari, qui semblent désorientés, de photographier la scène de crime et de reproduire sur une feuille de papier l'emplacement exact de la victime, par rapport à un certain nombre de repères choisis dans la pièce. C'est le premier meurtre auquel ils sont confrontés. Ils sont anxieux et quelque peu affolés.

Avant d'informer le procureur de la République et le commandant de la compagnie de gendarmerie de Narbonne, l'adjudant décide de réunir de plus amples informations sur le meurtre. Il sait que le procureur est très pointilleux et il veut être prêt à répondre à toutes ses demandes. Il écoute le gendarme Dupin qui vient lui rendre compte d'une brève conversation qu'il a eue avec Adèle Brun, « l'œil de Moscou », fière de lui confier que vers deux heures et demie du matin, elle avait aperçu depuis sa fenêtre Lucien Duval, un jeune du village, en compagnie de la victime : « En se tenant par les épaules et en chantant à tue-tête, ils sont entrés chez José ».

Laffont juge ce témoignage de la plus haute importance et, qui sait, susceptible de mener l'enquête à une conclusion rapide. Ce qui lui évitera de demander le renfort des gendarmes de la Brigade de Recherches. Les spécialistes de la police judiciaire, appelés plus couramment la « PJ ». « Je n'ai jamais eu besoin d'eux et ce n'est pas à quelques jours de mon départ à la retraite que je vais les solliciter », pense-t-il ! Sur le champ, il décide de rendre visite à la vieille dame, qui sursaute à la vue de l'uniforme :

— C'est bien la première fois qu'un gendarme entre chez-moi ! Que se passe-t-il ? Je n'ai rien fait de mal !

Adroitement, l'adjudant la met en confiance :

— N'ayez crainte, Adèle, c'est juste pour que vous me disiez, le plus précisément possible, ce que vous avez vu par la fenêtre.

La vieille dame est méfiante mais après quelques échanges courtois, d'abord rassurée, puis flattée, elle relate les évènements de son mieux.

— Je venais de me lever quand j'ai entendu du bruit dans la rue. Je suis allée à la fenêtre et j'ai vu José et Lucien. Ils se tenaient par les épaules et ils chantaient. Ils étaient saouls… À mon avis, ils venaient du bistrot. Figurez-vous que tous les week-ends, c'est la même histoire. Quand le café ferme, la beuverie se prolonge chez José. Vers quatre heures, le petit Duval est parti de chez lui. Il titubait, il était dans un drôle d'état, il en tenait une sévère, croyez-moi ! Quand il est tombé dans la rue, il a eu du mal à se relever. Il est alors parti en direction de la place de la mairie, vers sa maison.

L'adjudant lui demande des précisions sur l'horaire. Adèle confirme qu'elle a entendu sonner les cloches et ajoute qu'au même moment la lumière de la cuisine de Juan s'est subitement éteinte pour se rallumer aussitôt. Une coupure de courant sans doute. Inquiète, la vieille dame interroge le gendarme :

— Mais que se passe-t-il ?

— Je ne peux rien vous dire pour l'instant.

Les confidences d'Adèle sont importantes. L'enquête progresse, pense Laffont qui, soucieux de ménager une source potentielle, se montre rassurant.

— Allez, ne vous en faites pas Adèle, je reviendrai vous voir dans la matinée pour m'assurer que tout va bien pour vous et reprendre notre petite conversation. J'aurai peut-être des choses à vous apprendre. De toute façon, c'est un plaisir de parler avec vous.

Plus tard dans la matinée, Adèle Brun, traitée avec de grands égards, sera de nouveau entendue dans les locaux de la gendarmerie et par un autre gendarme. Elle confirmera ses premières déclarations. Son témoignage sera capital pour la suite de l'enquête.

En sortant du domicile d'Adèle, l'adjudant tombe nez à nez avec René, occupé à ramasser les poubelles.

Cet employé communal, en fait l'homme à tout faire du village, tour à tour cantonnier, éboueur, garde-champêtre, croque-morts, balayeur, parcourt Mirepeisset depuis plus de vingt-cinq ans, en dépit des séquelles d'une poliomyélite qui affecte toujours son pied gauche. Personnage respecté, il est de toutes les fêtes, fréquente le café, et surtout connaît tout le monde, ce qui en fait un précieux collaborateur de l'autorité territoriale, dont il est les yeux et les oreilles. Jovial, prompt à rendre service, considéré comme inoffensif en raison de son handicap et de sa petite taille, il crée autour de lui un climat propice aux demi-confidences qui en disent long, aux révélations de ceux qui croient savoir avant les autres et aux imprudences fatalement suscitées par le pastis et la convivialité. Célibataire, fils unique, âgé d'une cinquantaine d'années, il vit avec sa mère dans une modeste maison près du lavoir. Il aurait voulu devenir gendarme, mais la vie en a décidé autrement. Il se console en exerçant au mieux sa fonction d'informateur occasionnel de la gendarmerie. Dans ce rôle, il est irremplaçable.

Cette rencontre matinale avec René vient à point nommé. L'adjudant Laffont sait que l'activité professionnelle de ce dernier l'oblige à être matineux. « C'est la providence qui le met sur mon chemin, peut-être me fournira-t-il quelques informations », pense-t-il. Il lui demande tout naturellement si, par hasard, il n'aurait pas vu Lucien Duval. Fier de collaborer, l'employé répond par un long monologue.

— Oui, je l'ai vu tout à l'heure, il rentrait chez lui au moment où je sortais Tornado de l'écurie. Il avait l'air pressé. Ça m'a étonné, parce que d'habitude, il prend le temps de venir me dire bonjour et de discuter le coup tout en caressant le cheval. Mais là, il m'a évité, et est entré en vitesse, ce que j'ai trouvé plutôt bizarre. Je me suis dit qu'il avait dû picoler plus que de raison et qu'il avait hâte de se coucher. À mon avis, il devrait un peu moins lever le coude. C'est dommage ce penchant pour l'alcool, Lucien est un gentil garçon et un jour ça lui jouera un sale tour !

Fort de ce témoignage qui conforte la version d'Adèle, le gradé poursuit en lui demandant l'heure qu'il était. Sans hésitation René répond :

— Il devait être quatre heures dix environ.

— Merci René, je te convoquerai à la brigade dans la journée.

— Pour quoi faire ? s'inquiète-t-il.

— On vient de découvrir José Salvador, mort.

— Comment ça ? répond l'employé de mairie, ce n'est pas possible, je l'ai vu hier soir vers vingt et une heures chez Léon en compagnie de Lucien. Ils rigolaient tout ce qu'ils savaient.

— À ce point-là ? rétorque l'adjudant.

— Oui, posez la question à Léon. Vous verrez, il confirmera.

— Bon, René, je te laisse travailler. Surtout ne dis rien encore sur la mort de José.

Laffont tourne les talons en réprimant un sourire, car il sait pertinemment que dans la minute qui suit, René, impatient de se délester de la pesante confidence, va se précipiter d'abord au domicile du maire, puis au presbytère pour informer le curé. C'est ce qu'il fait généralement.

Devant la porte du maire, il ne s'accorde pas le temps de reprendre son souffle avant de soulever le marteau de fonte pisciforme de la maison et d'asséner deux coups brefs très rapprochés. La maison s'éveille, un volet de l'étage s'entrouvre sur un visage de femme. C'est l'épouse de l'édile, à moitié endormie, les cheveux ébouriffés qui demande d'une voix inquiète :

— Qui est là ?

— C'est René, madame. Appelez vite votre mari, un malheur est arrivé ! s'écrie-t-il dans un souffle.

Le maire ne tarde pas, ouvre grand la fenêtre, se penche.

— Que se passe-t-il, René ?

— Une catastrophe vient d'arriver. Le petit de Salvador, on vient de le trouver mort chez lui. Les gendarmes sont sur place. Je cours prévenir l'abbé Bourdel.

Sans que l'édile ait eu le temps de poser une autre question, le cantonnier reprend sa course après avoir attaché Tornado à un anneau de fer rouillé, fixé au mur de pierres. Le presbytère n'est pas très loin.

Une fois devant, René use encore du marteau. Cette fois, la réaction tarde un peu, car le curé est âgé et la sœur qui vit avec lui souffre de surdité. Mais la lumière finit par éclairer le hall et c'est la vieille dame, en robe de chambre et les cheveux à peine lissés à la main, qui ouvre la lourde porte :

— Que veux-tu si tôt, René ?

Il n'a pas le temps de répondre, car l'abbé arrive pour renouveler la question, avec plus d'autorité :

— Mais enfin, que se passe-t-il ?

Visiblement, René est au comble de l'agitation.

— C'est un malheur, répète-t-il.

Le prêtre se couvre d'une pèlerine, se coiffe d'un béret, prend son visiteur par le bras et l'entraîne dans la rue.

— Viens, tu m'expliqueras en marchant.

Arrivés devant la maison tragique en même temps que le maire, l'abbé, mis sommairement au courant, décide d'épargner la suite à l'employé communal, au comble de l'émotion :

— Va, petit, il y a trop de monde ici. Reprends ton travail, je vais parler à Juan Salvador.

René comprend et obéit. Tête baissée, il disparaît dans une ruelle. Au même instant l'adjudant accueille le maire et le prêtre, explique la situation, leur enjoint de ne pas pénétrer dans la cuisine afin de ne pas piétiner les traces de sang. L'abbé Bourdel aperçoit Juan assis sur une marche de l'escalier. Il s'approche, le prend dans ses bras et tente de le réconforter. L'abbé sait d'expérience qu'en de pareils moments, chaque parole d'apaisement compte. Le vieillard sollicite une prière pour son pauvre petit. L'abbé promet. Discrètement, l'adjudant les rejoint et les invite à quitter les lieux pour ne pas gêner les investigations en cours.

Il est maintenant sept heures et demie ; Léon vient d'ouvrir le café. Les premiers clients ne sont pas encore arrivés et pour Laffont, c'est le bon moment pour rendre visite au maître des lieux, qui a déjà été informé.

— Monsieur l'adjudant, c'est vrai que José Salvador est mort ?

— Oui, et c'est à ce sujet que je vous rends visite de si bonne heure. J'ai besoin de savoir si hier soir, José était ici.

Léon le lui confirme.

— Il est arrivé vers vingt heures trente et s'est installé au comptoir. Son ami Lucien Duval l'a rejoint peu après. Ils sont restés accoudés au bar. Oui, ils ont consommé un peu trop, en fait, comme toujours pendant les week-ends. Le ton a fini par monter entre eux et ils ont failli en venir aux mains. Pourquoi ? Je n'en ai pas la moindre idée, mais je suis intervenu et ils se sont réconciliés. Ils sont partis ensemble vers deux heures du matin. Je les ai accompagnés jusqu'à la porte. Ils ont pris la direction de la maison de José où, je le sais, ils prolongent souvent la soirée.

Convoqué plus tard à la gendarmerie, Léon confirmera en tous points ses premières déclarations.

Pour l'adjudant Laffont, l'heure est venue de rendre compte au procureur de la République et au commandant de la compagnie de Narbonne. Il leur résume les premiers résultats de ses constatations :

— La victime ne présente pas de traces de violences, si ce n'est des blessures légères à la main causées par un tesson de bouteille, ainsi qu'un hématome au niveau de la tempe. Selon le médecin ce coup serait à l'origine du décès. Le suspect a été identifié et nous nous apprêtons à l'interpeller. Cette affaire sera vite élucidée et des renforts ne me sont pas nécessaires, conclut-il.

Ces deux autorités gagneront sur l'heure les lieux du drame. Une réunion de travail s'improvisera dans des locaux mis à disposition par la mairie de Mirepeisset. Tous les éléments de la scène de crime et les renseignements détenus par les gendarmes seront énumérés et portés à leur connaissance. L'enquête parait simple. Le commandant de la compagnie de gendarmerie pense que la saisine de la Brigade de Recherches, spécialisée dans les affaires criminelles, n'est pas nécessaire. Laffont acquiesce. Après réflexion, le magistrat décide de ne pas faire appel à la « PJ » et lui confie l'enquête criminelle. Il est temps d'aller appréhender le nommé Lucien Duval.

ARRESTATION DE LUCIEN DUVAL

Neuf heures du matin. Les gendarmes Laffont et Dupin se dirigent, non loin de la mairie, vers une maison aux volets verts usés et à la façade rosâtre, une bâtisse désuète dont la vétusté et le médiocre état d'entretien ne font pas honneur au propriétaire. La boîte aux lettres, encastrée au bas de la porte d'entrée, porte le nom de Lucien Duval.

Il s'agit d'un enfant du village, un ouvrier agricole, du même âge que José Salvador : trente-cinq ans. Amis d'enfance, ils ont usé les mêmes bancs d'école primaire et au cours de leurs vies, ne se sont jamais éloignés l'un de l'autre. Ils ont joué ensemble dans la même équipe de rugby du village voisin, Ouveillan. Lucien Duval a été le témoin du mariage de José, mais cette union a passablement distendu leurs relations. Il est bien connu que le mariage suspend et parfois interrompt à jamais les amitiés d'enfance.

Lucien, quant à lui, ne s'est jamais marié. Adolescent, il a fréquenté la fille du maréchal-ferrant du village, Mathilde, alors très éprise de lui. Ce prometteur amour a duré des années jusqu'au jour où Mathilde, titulaire du baccalauréat, a résolu de devenir institutrice. Comme cela était possible autrefois, elle a accepté pendant cinq ans le dépaysement d'un poste lointain d'intérimaire, dont la récompense prendrait la forme d'une titularisation et de ses avantages, un salaire régulier et la sécurité de l'emploi, autrement dit la liberté. Elle avait sincèrement espéré que Lucien la suivrait. « Tu trouveras du travail là-bas ! », lui disait-elle, ce qui, à l'époque, n'avait rien d'invraisemblable. Hélas, c'était sans compter sur l'attachement de Lucien Duval à son village, à son clocher, ses habitudes, ses rassurants visages familiers. Non, il ne suivrait pas Mathilde. L'arrachement qu'elle lui demandait l'emportait sur toute autre considération. Du moins pas tout de suite, disait-il pour temporiser, sans grande conviction.

Le temps a passé et chacun a continué sa vie. Mathilde a épousé un Breton et n'est revenue que rarement dans le village. Sa dernière visite remonte au mois d'août dernier lors de la fête locale. Elle est apparue souriante, vêtue d'une robe noire aux épaules dénudées, laissant apparaître un léger bronzage, qui accentuait sa beauté naturelle. Il l'a d'abord aperçue de loin, puis a senti son cœur se serrer en la croisant. Il n'a jamais oublié cet amour de jeunesse. Certes, il n'a pas sombré dans la solitude, s'est donné des dérivatifs dont il attendait l'apaisement. Il a accumulé les conquêtes, attirées pas son physique avantageux d'athlète au regard de braise, souriant, sûr de lui, à la bonne humeur teintée de cette pointe de détachement qui suscite irrésistiblement le désir. Mais il n'a pas éprouvé de sentiments durables et a papillonné pour cacher le chagrin de sa rupture avec Mathilde. Ce tombeur cachait un cœur meurtri.

Les gendarmes tambourinent plusieurs fois sur la porte. Elle s'ouvre enfin et Lucien Duval apparaît, cheveux ébouriffés, regard voilé de sommeil interrompu, mal fagoté dans ses vêtements de la veille : une chemise bleu-pâle et un pantalon de jeans dont l'usure n'est pas un effet de mode. De toute évidence, il n'a pas eu la force de se déshabiller avant de se coucher. D'emblée, Laffont remarque les taches de sang sur la chemise. Il réprime un froncement de sourcils, s'impose un sourire de bonne compagnie et amorce le dialogue par un bonjour sec. Lucien s'étonne de cette intrusion matinale, mais comme le vent glacial qui balaie la place s'engouffre dans la maison, il leur fait signe d'entrer. Les militaires découvrent un intérieur modeste, une cuisine-salon à belle cheminée de marbre, inutilisée, comme l'indiquent les objets hétéroclites qui encombrent l'âtre. Un étroit couloir dessert une chambre et une salle d'eau. Le désordre ambiant confine au capharnaüm.

Laffont l'interroge d'abord sur les taches de sang visibles sur la chemise, mais sans dramatiser. Après tout, Lucien a pu se blesser sans s'en rendre compte... Toujours hagard, Lucien baisse les yeux et, de sa main gauche, tire sa chemise vers le bas comme s'il découvrait à son tour ce qui intrigue le gendarme. Cette liquette devient suspecte. Son regard, d'abord incrédule, se durcit quand il comprend ce que peut signifier cette salissure. Hébété, il parvient à marmonner :

— Je ne sais pas, je n'avais rien remarqué.

Ces quelques mots sonnent vrais. Mais, Laffont, perplexe, lui demande son emploi du temps de la veille. Cette question surprend Lucien qui souhaite connaître le motif de leur visite :

— Nous enquêtons sur la découverte d'un cadavre. José Salvador a été découvert mort à son domicile, et vous êtes le dernier à l'avoir vu vivant, répond l'adjudant.

Lucien est consterné. Il n'en croit pas un mot, et réplique fortement :

— Vous me faites marcher !

L'adjudant Laffont lui explique alors qu'il mène les

investigations sur ce décès.

— Dans le cas de la découverte d'un cadavre, qu'il s'agisse ou non d'une mort violente, et si la cause en est inconnue, l'officier de police judiciaire se transporte sans délai sur les lieux et procède aux premières constatations. Ce que je fais.

Et, après un silence pesant, il ajoute :

— Je ne plaisante jamais avec ces choses-là.

Lucien a compris qu'il se trouve désormais dans une situation délicate. La brume se dissipe enfin sur une perspective de désolation, la ruine d'une paisible vie, détruite par une imminente accusation. Son visage blêmit. Il regarde fixement devant lui, le souffle court. En un rien de temps, il est passé de la paix à la tourmente. Il tremble, se passe la main dans les cheveux, comme pour se rendre plus présentable face à l'adversité. Recule une des deux chaises de la table et s'assied. D'une voix à peine audible, il s'exprime enfin :

— Ce n'est pas possible, nous avons passé la soirée au café. Quand je suis parti de chez lui, il a voulu m'accompagner jusqu'à chez moi. Il m'a dit : *À demain*. Je vous jure qu'il était alors bien vivant.

Il se tait, puis éclate en sanglots. Le temps semble s'arrêter. Les enquêteurs respectent le silence qui s'instaure, à la fois pour le rassurer en se montrant patients et compréhensifs, mais aussi pour lui permettre de se reprendre. Car, ils souhaitent poursuivre la discussion dans le calme. Quelques secondes s'écoulent et soudain, Lucien explose :

— Vous n'allez quand même pas m'accuser de meurtre ! Je n'y suis pour rien, moi, mais je vous vois venir !

D'un revers de la main, il se défoule en jetant au sol le verre et le journal qui se trouvent sur la table. Sans élever la voix, l'adjudant le prie de se calmer et fait remarquer qu'à aucun moment, il n'a parlé de meurtre :

— Je suis ici parce que vous êtes le dernier à avoir vu José vivant.

Le piège vient de se refermer d'un cran. Les souvenirs, les pensées de Lucien s'entrechoquent. De nouveau il éclate en sanglots, se prend la tête entre les mains, hurle son désespoir et supplie qu'on veuille bien le croire, une fois pour toutes. Laffont ne se laisse pas attendrir. Il en a vu d'autres. Il sait que tout suspect nie ou tente de relativiser son acte. Dans le cas présent, instantanément, Lucien Duval a parlé de meurtre. Comment peut-il le savoir ? Moment décisif.

Un rapport de force s'établit entre les deux hommes. On s'observe, on se mesure. En vieux routier de l'investigation, Laffont accorde la plus grande importance au maintien d'une relation de confiance. Brusquer Lucien ne servirait à rien, bien au contraire. Il pourrait se murer dans le silence, ce qui compliquerait une enquête à priori sans difficulté majeure. Maintenir le contact, priorité des priorités. Cet homme est le coupable, c'est évident. Les premiers témoignages dont il dispose sont sans ambiguïté. Comment pourrait-il en être autrement ? Laffont est certain que cette affaire d'homicide sera rapidement résolue. Lucien Duval s'est fait avoir comme un amateur. En un court instant, il fait une analyse logique des évènements. Puis il pense : « Cette enquête sera la dernière de ma carrière. La retraite approche, et avec un peu de chance je vais la conclure par un joli coup, un coup d'éclat, en apothéose. Elle restera dans les annales de la gendarmerie de Ginestas. On se souviendra de moi comme de celui qui a résolu la première, l'unique affaire de meurtre du canton. »

L'enquête doit se conclure rapidement sans aucune contestation. En effet, si à l'issue d'un délai de huit jours cette affaire n'est pas résolue, le procureur de la République peut lui demander de la poursuivre dans le cadre d'une enquête préliminaire, c'est-à-dire avec des mesures coercitives très restreintes ou bien il se déchargera lui-même de ce dossier au profit du juge d'instruction. Ce qui dessaisira Laffont d'office au profit des enquêteurs de la Brigade de Recherches. Le temps presse donc… Quoi de mieux que des aveux complets et précis pour couper court à toutes tergiversations. « Alors, sors le grand jeu ! »

Il s'adresse à Lucien comme le ferait un père à l'égard de son fils, avec fermeté et l'indulgente compréhension de celui qui connaît la vie. Sans lever la voix, il énumère les étapes de la procédure que lui impose sa profession :

— Moi aussi j'ai des contraintes, vous savez. Chacun les siennes. Jouons le jeu et tout ira bien. On doit vérifier que votre état de santé est compatible avec une éventuelle garde à vue, et perquisitionner votre domicile. C'est la routine.

D'un mouvement de tête, Lucien acquiesce.

Le docteur Cros est de nouveau requis pour un examen médical, afin d'établir cette fois que Lucien Duval est apte à être entendu par les gendarmes, et s'assurer que son taux d'alcoolémie est négatif. Sur ce point, les dernières heures de sommeil du suspect ont été bénéfiques. Il a recouvré la raison. C'est mieux ainsi.

La perquisition au domicile de Lucien Duval permet aux gendarmes de recueillir des vêtements tachés de sang qui, placés sous scellés, seront confiés pour expertise à un laboratoire de Narbonne spécialisé dans les analyses sanguines. Il ne reste plus qu'à passer les menottes au suspect, afin de le conduire à la gendarmerie. Mais à leur vue, Lucien se raidit, s'offusque, a un mouvement de recul, sursaute :

— Mais enfin vous me connaissez, je suis du village.

Les pinces d'acier s'abattent sur ses poignets.

— Vous ne pouvez pas me faire une chose pareille. Que vont penser les gens quand ils me verront comme ça, ils vont dire que je suis le coupable ! Quand ma pauvre mère malade l'apprendra, elle mourra de chagrin ! C'est sûr ! Épargnez-moi ça, je vous jure que je n'essaierai pas de m'échapper. Je vous le promets. D'ailleurs, je suis innocent. Je n'ai pas tué José. Croyez-moi, je vous en prie.

Laffont se rend alors compte qu'il se trouve dans une situation qui ne peut se régler selon les brutaux rapports de force en vigueur dans son cher 8ème RPIMA, lorsqu'il était bidasse. Il s'accorde quelques secondes de réflexions, décide de ne pas faire de vagues, de ne pas prêter le flanc à la critique et, se donnant l'air bienveillant du gendarme au grand cœur, fait signe à Dupin de retirer les menottes. C'est donc en homme libre, mais bien escorté, que Lucien Duval est conduit à la Brigade.

La gendarmerie de Ginestas se dresse un peu à l'extérieur de la commune, en direction de Ventenac-en-Minervois. Construite en 1912, elle comporte deux étages. Son imposante et jolie façade, typique d'un temps où la République triomphante couvrait la

France d'écoles et de bâtiments administratifs, s'orne de fenêtres ourlées de pierres de taille et d'une porte de bois qui attire le regard. On pensait alors que les bâtiments publics devaient plaire et pour cela on ne lésinait pas sur la dépense. Heureux temps où le fonctionnel ne l'emportait pas sur l'esthétique. Mais à l'intérieur, la distribution de l'espace laisse à désirer. La belle porte d'entrée s'ouvre sur un monumental escalier en colimaçon qui dessert des locaux de service vétustes et étroits. La seule pièce un tant soit peu spacieuse du rez-de-chaussée fait office de salle d'accueil et de centre opérationnel. Un petit couloir conduit au bureau de l'adjudant Laffont. Sur la table de bois verni qui lui sert de pupitre trônent une machine à écrire Japy, prête à être alimentée de papiers, et un téléphone noir dans sa fourche. Dans son cadre, une photo complète le décor. Elle le représente en tenue de parachutiste. Tout près, sur le mur, pend un anneau. Il sert à enchainer le prisonnier notoirement dangereux ou simplement récalcitrant. Au bout du couloir, deux petites pièces de cinq mètres carrés équipées de toilettes à la turque sont en fait des cellules munies d'une porte blindée percée d'un œilleton.

Il est dix heures trente lorsque Laffont prend connaissance du procès-verbal de l'audition de Juan Salvador, effectué sur place par le gendarme Mari. Il en informe en ces termes le procureur de la République :

Juan Salvador déclare que le vendredi 16 janvier, comme tous les soirs vers dix-neuf heures trente, il a soupé en compagnie de son fils José. Ce dernier a quitté le domicile une heure plus tard pour se rendre au café Chez Léon. Selon son habitude, Juan Salvador s'est couché aux alentours de 22 heures. Son fils n'était pas rentré. En fait, il ignore quand son fils est revenu, car il n'a entendu aucun bruit. Matinal, il s'est levé vers quatre heures trente et a trouvé son fils allongé sur le sol de la cuisine au milieu de débris de verres et de bouteilles cassées. Malgré ses sollicitations, son fils n'a pas réagi. Il l'a touché pour tenter de le relever, mais José est resté inerte. Pris de panique, il a aussitôt appelé la gendarmerie. Lorsque les gendarmes sont arrivés peu après, il a entendu, en leur ouvrant la porte, qu'Adèle leur disait qu'elle avait vu Lucien Duval sortir de chez lui et qu'il avait du sang sur sa chemise. L'affirmation de cette dame âgée a de quoi le surprendre car José ne fréquentait plus Lucien depuis son divorce, un an plus tôt. José le soupçonnait en effet d'avoir entretenu une relation avec sa femme Léa, ce qui a déclenché la rupture du couple. Salvador déclare ignorer la vraie nature de cette relation, mais il reconnaît avoir surpris sa belle-fille dans une situation ambiguë.

Histoire dont il nous a fait part : un après-midi, vers quatorze heures trente, il s'était rendu chez son fils, qui habite une maison à la sortie du village, pour récupérer des ciseaux de taille.

José était déjà parti à la vigne. Afin de ne pas déranger sa belle-fille, il s'est rendu directement au garage pour récupérer son outil. Une porte relie ce local à la cuisine. Celle-ci était entrebâillée. Il a entendu et aperçu un homme discuter avec Léa. Il a reconnu Lucien Duval, qui tenait Léa par les épaules. Surpris, il est parti sans faire de bruit, mais très troublé par ce qu'il avait vu. Il a décidé de n'en rien dire à son fils, pour ne pas s'immiscer dans sa vie privée et surtout pour éviter tout scandale. D'ailleurs, il était persuadé que son fils, très épris de son épouse, ne l'aurait pas cru. Toutefois, une semaine plus tard, lors d'une banale discussion sur les femmes, il lui a incidemment recommandé de se méfier de Lucien et d'être présent lors de ses visites. José n'a pas pris le conseil au sérieux, et répété que son ami d'enfance avait toute sa confiance. Quelques mois plus tard, le fils a reconnu que le père avait vu juste. Mais ce dernier a gardé son secret sur sa bru pour ne pas aggraver sa peine. Il n'avait aucune estime pour sa belle-fille, qu'il supportait par égard pour son fils. Quant à Lucien, il ne lui a plus adressé la parole. Le couple s'est séparé. La maison mise en location, José est venu habiter chez son père. Léa a quitté le village pour retourner vivre chez ses parents dans les Landes. Depuis, José s'est mis à boire.

Attentif au récit de l'enquêteur, le procureur de la République pense que cette affaire, simple en apparence, devrait rapidement être résolue. Les premières investigations s'orientent en effet vers une querelle d'ivrognes. Le magistrat donne alors ses directives : Toutes les personnes impliquées dans cette affaire doivent être entendues et au besoin placées en garde à vue. Lucien Duval sera soumis à une prise de sang. Les analyses seront comparées avec le résultat des prélèvements effectués sur la scène du crime. Un compte rendu régulier lui sera transmis sur évolution de l'enquête et l'audition du principal suspect. Le dossier criminel doit être bien « ficelé » ce qui évitera des contestations de la part des avocats. L'adjudant Laffont acquiesce.

Le moment est venu pour lui d'entendre celui qui se trouve dans son bureau et sur qui se portent tous les soupçons, Lucien Duval.

LA GARDE À VUE

La main droite règlementairement menottée à l'anneau de sécurité scellé dans un mur du bureau, Lucien Duval réalise toute l'amertume de sa condition. Il sombre alors dans l'horreur intime de l'humiliation, ne voit d'autre recours à son état que le gendarme Dupin et le supplie de le désentraver, jurant qu'il se tiendra tranquille. Mais ces bien prévisibles suppliques ne font que confirmer au gendarme que la rituelle préparation psychologique à l'interrogatoire d'un suspect coupé de son milieu, placé dans un environnement hostile, fonctionne à la perfection. Il se contente donc de répondre calmement que les règles de la garde à vue sont respectées en tous points.

La garde à vue est une mesure coercitive et restrictive de liberté, prise par un officier de police judiciaire, à l'encontre de toute personne qui, pour les nécessités de l'enquête, doit rester, contre son gré, à sa disposition. C'est un acte judiciaire, strictement réglementé, sous la surveillance du magistrat mandant, car elle constitue une atteinte à la liberté d'aller et venir de la personne. La durée est de 24 heures ou de 48 heures maximum, sur autorisation du magistrat saisi. Dans les affaires de stupéfiants, de délinquance organisée et de terrorisme, la durée peut être étendue à 96 heures. De nos jours, la personne gardée à vue dispose de certains droits, comme le droit de se taire, le droit d'être examinée par un médecin, le droit de prévenir sa famille ou de s'entretenir avec un avocat dès la première heure de sa rétention. Le manquement à une de ces obligations peut entacher d'irrégularité la procédure en cours.

À travers la vitre du bureau des gendarmes, l'adjudant Laffont observe professionnellement Duval, constate avec plaisir que son agitation et sa posture promettent un interrogatoire fructueux, puis se souvient : Lucien devait avoir treize ans lors de sa dernière entrevue à la brigade de Ginestas. Enjoué, agréable, insouciant, il chapardait, en compagnie d'autres gamins de son âge, les cerises et les pêches des vergers du voisinage. La tombée du jour était l'heure la plus commode pour grimper aux arbres et se repaître des fruits de la tentation. Rien de bien grave dans cette transgression des règles de la vie sociale. La culture villageoise, pétrie de compromis, ne s'offusquait pas outre mesure et, en cas de flagrant délit, s'en remettait à la justice immanente : les coups de pied au derrière tombaient avec entrain et l'affaire s'arrêtait là. Personne ne se plaignait et l'incident était clos. Autre époque… Hormis ces polissonneries, Lucien ne s'était jamais fait remarquer défavorablement par les services de police.

De taille moyenne, large d'épaules, mince, souple, il donne une impression de force et de vitalité qui jure avec sa condition actuelle de prisonnier. Assis, il se tortille sur sa chaise, crispé, mal à l'aise. Malgré les mises en garde, il tire sur la chaîne qui se tend, la menotte lui blessant le poignet qu'il tente de soulager de sa main libre. À l'inconfort s'ajoute le ridicule de son bras figé dans un mouvement inachevé. Laffont scrute la scène en connaisseur. Au cours de sa carrière, il a souvent observé le bien-fondé de cette technique de début d'audition, qui place le suspect, coupé de ses repères habituels, dans une position douloureuse, périlleuse, grotesque, avilissante.

Lucien Duval se sent désespérément seul. Les bons et les mauvais souvenirs se heurtent dans sa pauvre tête. Sans cesse, il revit le moment passé en compagnie de José, auquel il doit sa situation actuelle. Il sait que cette épreuve le marquera à vie. Face au pupitre, seul, il revient sur cette soirée et ressasse les conséquences désastreuses de sa rencontre avec José. Il tâtonne. Ses pensées confuses se perdent. Qu'ai-je fait de mal ? À quel moment me suis-je trompé ? Que s'est-il vraiment passé dans la nuit de vendredi à samedi ? Oui, j'ai bu, j'avais même un coup dans le nez, mais pas au point de tuer un ami ! Ma mémoire me jouerait-elle un tour ? Impossible ! Ce soir-là, j'ai bien passé la soirée avec José et je l'ai ramené chez lui. Après je ne me souviens plus très bien ! Et si les gendarmes avaient raison ? Mais je ne peux pas le dire sinon on va me coller le meurtre sur le dos, je le sens. Que pourrais-je inventer pour me tirer de cette sale affaire ?

Lucien est conscient qu'une mise en accusation se profile pour l'homicide de José Salvador. Il se méfie de ces gendarmes qui lui promettent la prison. La prison, il la redoute. Il ne veut pas y aller. Pourtant c'est cette perspective qui se dessine. La peur l'envahit. Ses bras, son corps se mettent à trembler à cette seule idée. Que faire ? Il va alors s'enfermer dans la posture du mensonge ; sa seule échappatoire face aux allégations des gendarmes. Il réfléchit à tous les scénarios crédibles qui pourraient lui éviter d'être incarcéré…

Il est onze heures lorsque l'adjudant Laffont apparaît devant le suspect. Lucien Duval lui demande de libérer son poignet pris dans des menottes. Laffont affecte de réfléchir quelques secondes puis se donne le beau rôle de celui qui comprend, du miséricordieux auquel l'expérience de la vie a insufflé l'indulgence et la générosité. Il acquiesce et propose même un café, aussitôt accepté. Cette bonté n'est pas anodine. Laffont le prépare sans le brusquer à une longue audition. Cette astuce met Lucien en confiance. Une timide lueur d'espoir traverse son regard. Ses traits s'adoucissent. Voilà quelqu'un qui me comprend, se dit-il. Il n'a rien contre moi. Une certaine sympathie passe aussitôt entre les deux hommes. Mais sans le savoir, il s'enferre. Un mot gentil, un sourire ont déjà eu raison de sa colère contenue. Il est sympa, après tout, cet adjudant… Il s'accroche à cette illusion comme le fait un naufragé qui, en pleine mer, s'agrippe désespérément à tout ce qui flotte à sa portée. Le soulagement se lit sur son visage. C'est précisément ce que recherchait Laffont. Obtenir sa confiance, puis ses aveux. Il l'informe des motifs de sa détention. Lui rappelle les témoignages concordants qui relatent sa sortie du café et sa visite au domicile de José, ce qui fait de lui le dernier à l'avoir vu vivant. Lucien l'interrompt aussitôt :

— Attention ! Je ne suis pas entré chez José et je n'ai rien à voir avec ce meurtre. Je suis innocent !

Laffont, qui n'en espérait pas tant, cache sa surprise. Dès le début de l'interrogatoire, le suspect parle de meurtre alors que le mot n'a pas encore été prononcé. À vouloir se justifier cet idiot fonce droit dans le mur. Seul l'auteur peut savoir qu'il s'agit d'un crime. Je tiens donc le coupable ! Cette hypothèse devient une évidence. Laffont tient le meurtrier et ses suspicions sur Lucien deviennent une certitude. Plus rien ne le fera changer d'avis. Il le fixe d'un regard malicieux. Lucien se rend compte, entrevoit le gouffre. Il baisse la tête. Trop tard, le piège vient de se refermer sur lui. Un silence s'instaure. Les secondes s'égrènent et paraissent interminables. Puis, l'adjudant reprend l'audition et souhaite connaître son emploi du temps du vendredi 16 janvier. Après quelques secondes de réflexion, Lucien expose que, vers vingt et une heures, après avoir soupé chez lui, il s'est rendu au café chez Léon. José, attablé près du bar, buvait un cognac. Il lui a fait signe de le rejoindre. Ça l'a étonné, car depuis plusieurs mois ils s'évitaient. Mais ce soir-là José n'était pas tout à fait dans son état normal. Il sentait l'alcool. Ils ont consommé plusieurs verres et, aux environs de minuit trente, il a quitté seul l'établissement pour se rendre directement à son domicile. José, quant à lui, est resté au bar et il ignore ce qu'il a fait après son départ. Peu satisfait, Laffont demande des détails. Lucien proteste. Il a tout dit. La soirée s'est déroulée telle qu'il vient de la décrire et leurs discussions se sont portées sur les travaux de la vigne et du vin qui ne se vend pas. De temps à autre, il s'est levé pour faire le tour des tables de la belote que Léon organise dans son café tous les vendredis. Il aime y participer. Mais ce soir-là, pas question. À son arrivée, toutes les places étaient prises.

— Tout s'est déroulé comme je vous l'ai déjà dit, répète-t-il sur un ton impatient.

Laffont lui indique qu'à aucun moment il ne fait mention d'une dispute qui aurait dégénéré avec José. Lucien réfute fermement toute altercation et maintient sa déposition.

— Pourquoi voulez-vous que j'aie un différend avec José ?

— Toi seul peux le dire… réplique l'enquêteur.

C'est sur ces mots que se termine la première partie de l'audition.

Il est dix-sept heures trente le samedi 17 janvier, lorsque Lucien connaît enfin un répit, sous la forme d'une mise en cellule. Par mesure de sécurité, l'adjudant lui fait retirer ses chaussures et sa ceinture. Au fond de lui, la culpabilité de son client ne fait aucun doute. Ne manquent à son bonheur que les sacro-saints aveux. Toutefois, la solitude de la prison l'amènera à résipiscence. Pour l'heure, il résiste, mais j'en viendrai à bout ; je n'ai pas dit mon dernier mot, pense-t-il.

Mais Lucien n'en démord pas. Il est innocent. Les premières heures de sa garde à vue sont à son avantage. Son interrogatoire s'est déroulé normalement et il a fourni des explications cohérentes. Les gendarmes n'ont aucune preuve contre lui et tout ce qu'ils peuvent dire est du vent, se dit-il pour mieux se rassurer. Duval décide de poursuivre sur cette stratégie de défense qui consiste à ne rien avouer. De toute façon comment pourrait-t-il en être autrement ? : « On m'accuse de meurtre et si je parle je risque la guillotine... ». Il se cantonne alors dans la facilité du « pas vu, pas pris ». Pour lui, il a tout dit… Son regard désespéré croise celui de Laffont qui referme sur lui l'énorme porte blindée. L'adjudant quitte la pièce en sifflotant l'air d'une rengaine de Sheila…

La nouvelle du meurtre de José Salvador se répand dans le village et gagne les environs. Les journalistes, déjà sur la brèche, rêvent de s'approprier le sujet qui a fait irruption sur le radar de la maigre actualité régionale. Un meurtre dans un village ! Quelle aubaine ! Ces virtuoses de la pointe Bic sont avides de « gros coups » et ont pour seul souci de ne rien partager. La technique est bien rodée. D'abord ces messieurs-dames se tournent vers les milieux autorisés, la Mairie et la Gendarmerie, toutes deux détentrices de nouvelles fraîches, mais aussi très prévenues contre la meute médiatique, prodigue de promesses pour parvenir à ses fins et parfois peu soucieuse de ne pas compromettre ceux qui l'ont aidée. La gendarmerie de Ginestas, très professionnelle et forte de son expérience, oppose fermement aux journalistes les strictes recommandations du procureur de la République : silence complet sur cet homicide ! C'est clair et sans appel. Cependant, ces astucieux reporters trouvent un allié de circonstance en la personne du vieux maire de la commune qui, cédant au plaisir d'attirer sur lui l'attention de la presse, se laisse entraîner vers des commentaires dont il ne maîtrise pas la portée. Oui, les gendarmes ont découvert ce matin à son domicile le corps sans vie de José Salvador, un jeune du village. C'est un meurtre, et un suspect a été arrêté. Il s'agit d'un ami d'enfance, un certain Lucien Duval qui a passé toute la soirée avec la victime. Il a même été vu sortir de son domicile vers quatre heures du matin. À la question piège d'un des journalistes sur une éventuelle implication de Duval dans cet homicide, le maire répond sans aucune ambiguïté possible : « Le meurtrier c'est Lucien Duval puisque les gendarmes l'ont emmené ». Le vieil édile, que n'effleure pas un instant la notion de présomption d'innocence, pousse même la complaisance et la naïveté jusqu'à fournir une photo de Lucien prélevée sur un document officiel de la Mairie. Qu'il est serviable, monsieur le Maire ! Les journalistes ébahis, qui n'en demandaient pas tant, prennent congé avec une abondante cueillette de renseignements, de rumeurs, de bruits, de bribes qui une fois pétris, malaxés et assaisonnés forment la trame d'une affaire sur laquelle ils doivent fournir plusieurs pages au responsable du groupe éditorial pour le numéro du lendemain.

Duval est à nouveau entendu vers vingt-heures. Il maintient ses premières déclarations et se décrit comme un homme ordinaire, un anonyme falot, inoffensif, au-dessus de tout soupçon. Il clame, bien sûr, son innocence et malgré la perspective d'une confrontation avec le cafetier Léon, confirme qu'il a quitté le café, seul, à minuit trente. De temps à autre, il s'épanche volontiers, fait vibrer la corde sensible de la concitoyenneté paisible, mais en vieux routier des enquêtes, Laffont reste insensible à ces protestations de bonne foi aux relents de pleurnicheries. Lucien joue de l'affectif, faisant référence à son enfance heureuse auprès de ses parents aimants. Ce disant, sa voix s'est empreinte de nostalgie. Mais le personnage a rendu Laffont si méfiant qu'il doute de sa sincérité, même sur un point aussi personnel, aussi intime. Il ne l'a pas convaincu et surtout semble méconnaître, peut-être par ruse, les raisons de sa garde à vue. Le moment décisif d'une confrontation avec les deux témoins, Léon et Adèle, est venu.

Face à Lucien, Léon maintient fermement sa première déposition : oui, il a vu les deux hommes se chamailler. Pourquoi ? Il n'en a aucune idée. Mais il est intervenu pour leur demander de baisser le ton. En fin de soirée, la dispute apparemment oubliée, les deux hommes sont sortis ensemble et ont pris la direction de la maison de José. Il était alors deux heures du matin environ. Quant à Adèle, elle affirme de nouveau que Lucien et José sont entrés ensemble dans la maison de Juan, il devait être deux heures trente du matin. Puis Lucien en est ressorti, seul, vers quatre heures. Elle jure ses grands dieux qu'elle dit la vérité. Lucien hoche la tête en signe de réprobation indignée. Ces deux témoins l'accablent. À leurs dépositions, il n'oppose que sa version, que rien ne vient étayer. Il se rend bien compte de la fragilité de sa position, et insensiblement, commence à perdre pied. Léon dit la vérité, reconnaît-il *in petto*, quant à Adèle je ne me souviens pas l'avoir vue dans la rue. Elle a une sale réputation de langue de vipère, mais était-elle vraiment derrière sa fenêtre pour espionner à une heure pareille ? Ne se prête-elle pas à un coup de bluff monté avec les gendarmes pour me faire craquer ? Malgré la tiédeur de la pièce, Lucien frisonne d'angoisse. Devant lui, une condamnation et un long séjour en prison. L'horreur. Il jette ses dernières forces dans la bataille, traite les deux témoins de menteurs.

— C'est leur parole contre la mienne. Je ne suis jamais entré chez José !

Adèle éclate en sanglots.

— Je dis la vérité, répète-t-elle en tapant du poing sur la table.

Un brouhaha s'installe dans la pièce. Sagement, l'adjudant met un terme à la confrontation, remercie les témoins, puis se retrouve en tête-à-tête avec Lucien, qui vocifère son innocence de plus belle. Laffont l'invite au calme. Le suspect change alors de tactique, mendie un peu de compassion. Son visage se crispe. Il baisse la tête et sait que le plus dur reste à venir. Il est sur ses gardes. C'est trop. Laffont vient de fermer la page de la confrontation et souhaite en ouvrir une autre : celle du recoupement des informations, à charge et à décharge et de leur mise en forme cohérente, afin de passer à la phase finale, celle des aveux circonstanciés. Il lui propose un verre d'eau, Lucien accepte. La confiance s'installe à nouveau, l'audition peut reprendre. Laffont attend le récit de ce qui s'est réellement passé chez José. Il n'a aucune raison de mettre en doute le témoignage d'Adèle qui place Lucien chez José. Que s'est-il passé à partir de ce moment ? Les tergiversations reprennent. Le suspect dit avoir passé la soirée chez Léon, un point c'est tout. Il ignore tout des circonstances de la mort de José Salvador. En équilibre instable sur sa chaise, il croise et décroise les jambes, se passe sans cesse un mouchoir sur le visage et le cou pour en effacer la moiteur. Méfiant, il bredouille, conscient d'être en difficulté face aux témoignages accablants. Pour annoncer finalement qu'il ne répondra plus aux questions. Laffont juge le moment venu de faire une pause et renvoie Lucien en cellule. Il est vingt-trois heures.

Vers deux heures du matin, le dimanche 18 janvier, parvient à la gendarmerie l'appel d'un médecin du laboratoire d'analyses de Narbonne, mandaté par le procureur de la République pour comparer les prélèvements sanguins effectués sur les lieux du crime : le sang recueilli chez José est celui de Lucien Duval et les taches de sang issues des vêtements de Lucien sont celles de José. Laffont jubile. L'enquête enregistre là un rebondissement de taille. La médecine légale confirme ses présomptions : Lucien Duval, quoi qu'il en dise, est bien mêlé au meurtre de José Salvador. L'adjudant estime de bonne foi sa persévérance et son intuition récompensées. Il s'abandonne à un agréable sentiment de satisfaction. Il a gagné. Tout seul. Sans l'ombre d'une erreur. Au faîte de sa carrière ! Un triomphe ! Mais il se gardera bien d'aller plastronner devant le suspect en lui assénant les résultats des analyses de sang.

Lucien pourrait se cabrer et se retrancher dans le mutisme préjudiciable à la conclusion de l'enquête, que l'on peut croire toute proche. Qu'il dorme. On verra plus tard. Sans oublier que le gendarme, lui aussi, mérite le repos du juste.

Le sommeil de Laffont fut court, toutefois, car, dès sept heures du matin, pressentant confusément un coup du sort, une atteinte à ses conclusions et à ses intérêts professionnels, il franchit, mal réveillé, la porte de son bureau. Le gendarme qui l'attend s'empresse de lui tendre le journal local ainsi qu'un café de bienvenue. À cet instant, le téléphone sonne. Qui peut bien appeler à cette heure ? Sans doute un journaliste, grommèle l'adjudant. Mais en fait, il s'agit du commandant de la gendarmerie de Narbonne, son supérieur hiérarchique. Celui-ci, avec une pointe d'humour un peu forcé, le félicite, expose la teneur du journal qui vient de paraître, et ne tarit pas d'éloges au sujet de l'arrestation de l'assassin :

— Vos supérieurs, très impressionnés, pensent le plus grand bien de votre action diligente. Il semble acquis que vous partirez à la retraite avec le grade désiré d'adjudant-chef.

Laffont n'a pas le temps de balbutier des remerciements prudents. Son interlocuteur vient de lui raccrocher au nez, prétextant qu'il doit immédiatement rendre compte de la situation au colonel. Dépité l'enquêteur se précipite sur le journal et se rend compte du désastre. En première page, une photo de Lucien Duval et un gros titre :

L'assassin de José Salvador arrêté
par les gendarmes de Ginestas.

Il n'en croit pas ses yeux. Qui a pu donner cette photo de Lucien ? Comment va réagir le procureur qui a recommandé la discrétion ? Au cours de la matinée, il apprendra que c'est le maire qui a communiqué ces imprudentes informations à la presse. Mais il n'a pas le temps de gloser là-dessus. Le téléphone sonne de plus belle. Ses collègues des brigades voisines font assaut de félicitations ! Peu à peu, la fierté l'emporte sur ses appréhensions. Après tout, oui, c'est bien lui qui a résolu l'enquête sans le concours des spécialistes de la Brigade de Recherches. Et de peur d'hésiter s'il réfléchit davantage, il informe le procureur de la République du résultat des analyses sanguines ainsi que des témoignages à charge de nature à confondre Lucien Duval. Mais le magistrat exige des aveux.

18 janvier, dix heures. Lucien est extrait de sa cellule pour une nouvelle audition. Sans détour, l'adjudant Laffont lui communique le résultat des analyses effectuées par le laboratoire de Narbonne qui contredit sa

version des faits. Il lui expose comment on est parvenu avec certitude à démontrer que les taches de sang retrouvées sur ses vêtements correspondent à celui de José et que celles découvertes au domicile de la victime sont les siennes. La lecture finie, il pose le rapport sur le bureau et conclut :

— Vous étiez bien chez José le soir du meurtre.

Lucien fait mine de ne pas comprendre, affirme que cela ne prouve rien et refuse d'en dire davantage. Laffont tente alors un ultime coup de poker. Il étale deux agrandissements de la photo du cadavre de José Salvador dans la cuisine et lui demande ce qu'il en pense. Lucien saisit les photos à deux mains, les scrute, blêmit, comme si ces images le replongeaient dans l'horreur de cette maudite soirée. Brusquement, avec un geste de dédain, il jette les photos sur le bureau, reste muet quelques secondes puis, sèchement, dans un souffle, lâche :

— Je n'ai pas tué José.

Dès cet instant et pendant son long interrogatoire, Lucien choisit l'amnésie, il ne se souvient plus de rien ! Il campera sur cette position jusqu'à la fin de sa garde à vue. Il n'en démordra pas. Laffont a brûlé toutes ses cartouches. De guerre lasse, il met un terme à l'audition et s'en va prévenir le procureur de la République, lequel demande que l'accusé lui soit présenté le lendemain à dix heures dans son bureau du palais de justice de Narbonne.

À l'heure et au jour prévu, Duval se retrouve face au procureur de la République qui, peu après, saisit le juge d'instruction Louis Fleuriau afin qu'il ouvre une information judiciaire pour meurtre sur la personne de José Salvador. Devant l'un et l'autre de ces magistrats, Lucien maintient sa version des faits : il n'est pas entré dans la maison de José Salvador et ne l'a pas tué. Un nouvel exposé détaillé des conclusions de la médecine légale se heurte au système de défense désormais adopté par Lucien Duval. Tout au plus reconnaît-il une petite dispute avec José dans le café de Léon. C'est tout... Son avocat lui demande de se taire. Ce qu'il fait.

— Bien, Bien... C'est tout ce que je voulais savoir pour l'instant. Nous serons appelés à nous revoir très rapidement, conclut le juge Fleuriau.

À quinze heures, à l'issue de son interrogatoire, Lucien Duval est inculpé du meurtre de José Salvador. Le juge d'instruction, délivre à son encontre un mandat de dépôt et le fait écrouer à la maison d'arrêt de Béziers.

Le mandat de dépôt est l'ordre donné par le juge d'instruction au chef d'établissement pénitentiaire de recevoir et de détenir en prison la personne qui y est nommée. Sans ce pouvoir, nul individu ne peut être retenu.

Ainsi prendra fin le premier acte de l'enquête criminelle menée par la gendarmerie de Ginestas.

Au même moment, l'église Saint-Sébastien s'avère trop petite pour accueillir la population qui se presse sur le parvis pour assister aux obsèques de José Salvador. Puis, c'est dans la dignité que tout un village accompagne l'enfant du pays dans sa dernière demeure, le cimetière de Mirepeisset.

LE JUGE LOUIS FLEURIAU

Doyen des deux juges d'instruction du Tribunal de Grande Instance de Narbonne, Louis Fleuriau arrive au terme d'une dense carrière qui l'a conduit à exercer dans maintes juridictions de métropole et d'outre-mer. De forte personnalité, très vieille France, intransigeant sur les valeurs fondatrices de notre société, il cultive une froideur qui déstabilise ses interlocuteurs. Les audiences qu'il accorde ou ordonne requièrent une préparation minutieuse. Enquêteurs et avocats le savent et se préparent avec soin à des confrontations sans fioritures, aux antipodes des badinages de bonne compagnie. On redoute le juge Fleuriau. La loi lui confère des pouvoirs bien plus étendus que ceux dont se prévalent d'autres magistrats. Indépendant, il n'est soumis à aucun supérieur hiérarchique. Il effectue lui-même certains actes d'instruction, avec la seule aide de son greffier : interrogatoires, auditions des victimes, des témoins, confrontations, transports sur les lieux, reconstitutions, perquisitions, etc. Il peut également saisir un service de police judiciaire pour effectuer des actes d'enquêtes par le moyen d'une commission rogatoire. Par cette forme de réquisition, le juge d'instruction délègue ses pouvoirs à un autre magistrat ou à un officier de police judiciaire pour accomplir à sa place un ou plusieurs actes d'information déterminés dont, bien entendu, il contrôlera et vérifiera l'exécution.

Honoré de Balzac écrivait déjà dans *Splendeurs et Misères des Courtisanes* : « Aucune puissance humaine, ni le roi, ni le garde des Sceaux, ni le Premier ministre ne peuvent empiéter sur le pouvoir d'un juge d'instruction, rien ne l'arrête, rien ne lui commande ». Il règne, mais en conscience.

Chacun sait au tribunal qu'il est très difficile, sinon impossible, d'influencer le juge Fleuriau et même de l'approcher. Sa fonction et sa personnalité font de lui un solitaire, ce dont il se flatte *in petto*. Il fuit les mondanités, se prête peu aux conversations de couloir mais il se sait notable et cela suffit à son bonheur intime. Sa silhouette longiligne, son dos plat et sa démarche assurée le font reconnaître de loin. Toujours vêtu d'un costume trois pièces sombre et d'une cravate assortie sobrement nouée, il arbore un chapeau qui lui confère une élégance dont le caractère désuet est le signe de son mépris des modes. Ses cheveux coupés courts, grisonnants et ses petites lunettes rondes complètent sa personnalité d'aristocrate distant. Au faîte de sa carrière, il fera valoir ses droits à la retraite au cours du premier trimestre 1971. L'enquête sur le meurtre de José Salvador sera sa dernière et il entend la mener à bien.

J'ai côtoyé plusieurs années ce monument de notre justice, à l'occasion des dossiers qu'il m'avait confiés en ma qualité d'officier de police judiciaire à la Brigade de Recherches de Béziers. Une loyauté sans faille nous liait. Les bonnes relations que j'entretenais avec lui récompensaient mon zèle et mon langage précis et châtié. Un jour, cependant, il me fit, en présence d'autres magistrats, des remontrances sur je ne sais quel retard dans la transmission d'un dossier d'enquête. Je tombai de haut, ressentis l'affront, foncièrement injustifié, mais ne laissai rien paraître. Je pris mes distances. Bien plus tard, le dossier reparut « comme par enchantement », paraît-il, dans le cabinet du juge des Tutelles. Par quel méandre était-il allé se perdre aussi loin de nos préoccupations ? Je ne l'ai jamais su. Le juge Fleuriau connaissait-il le fin mot de ce détournement ? Il ne me l'a jamais dit, mais lors d'une entrevue, il s'est brièvement excusé. Je n'ai posé aucune question. Cela n'aurait servi à rien. Mais au fond de moi, je restais froissé. Il le savait. Ma fierté me rendit encore plus prudent. Il le comprit, et à la longue, en raison et de mon sérieux et de mon comportement, se rétablirent entre nous des relations fondées sur la confiance mutuelle.

Au moment où j'écris ces lignes, je dois à la vérité d'avouer que mon ego en avait pris un coup. Oui, j'avais ressenti l'injustice d'un reproche qui, avec le recul, me semble maintenant une broutille dans le quotidien des relations parfois tendues avec les magistrats. Ah, si jeunesse savait…

Je me rendais au tribunal toutes les fins de semaine pour faire le point sur mes dossiers. Je croisais magistrats, avocats, greffiers, enquêteurs pour lesquels j'avais des affinités, disons, inégales. Parfois, on me rapportait les potins, rumeurs, bruits de couloir et insinuations qui sont la vie subreptice du palais. Au mieux, ces commérages sans lendemain nous fournissaient des occasions de rire, lors de la pause-café, avec mon équipe. Mais quand je parcourais les couloirs du palais, j'évitais soigneusement celui qui mène à la porte du juge d'instruction Louis Fleuriau, tout en sachant qu'un jour nous finirions par nous rencontrer.

Ce qui arriva le vendredi 4 septembre, vers quinze heures, à la sortie d'un bureau. Après les civilités d'usage, il esquissa un sourire et me dit :

— Justement, je voulais vous voir. Pouvez-vous m'accorder quelques minutes dans mon cabinet ?

Un peu surpris et sur mes gardes, je le suivis. D'emblée, il évoqua en termes élogieux toutes les enquêtes qu'il m'avait confiées et menées à leur terme. Ce préambule me rendit circonspect, mon interlocuteur passant pour très avare dans l'art du compliment. Je flairai une tentative de manipulation. Il conclut en précisant que depuis plusieurs mois, je n'avais plus de dossier ouvert dans son cabinet.

— Monsieur le juge, c'est vous qui choisissez les enquêteurs, lui rappelai-je.

Peut-être pensait-il que j'aspirais à l'octroi de dossiers particuliers ? Qu'avait-il en tête ? Je restai muet. J'attendis avec une déférence de bon aloi. À lui d'abattre ses cartes.

— Vous souvenez-vous du meurtre de José Salvador dans le petit village de Mirepeisset ? me dit-il.

Nous y voici. C'était donc ça. Il enchaîna, m'expliquant qu'il voulait retirer ce dossier aux enquêteurs de la police judiciaire de Montpellier, et proposa de me le confier. Cela me parut curieux. Il me tendait un piège et je ne voulais pas y tomber. Je connaissais son acuité intellectuelle. Je demandai un délai de réflexion en raison du nombre de mes dossiers en cours. Je proposai de nous revoir en début de semaine. Il accepta. En vérité, je désirais prendre langue avec les inspecteurs de police du commissariat de Montpellier, avec lesquels j'entretenais de bonnes relations que j'entendais protéger de susceptibilités internes. À cette époque existait une farouche rivalité : « police-gendarmerie ». C'était à celui qui obtiendrait les meilleurs résultats. Depuis, le climat entre ces deux entités s'est fort heureusement apaisé. Dessaisir les fins limiers du prestigieux SRPJ de Montpellier n'était pas anodin. Je voulais comprendre et surtout éviter une guerre des polices. Un enquêteur que je consultai me fit part de détestables relations entre le juge Fleuriau et les policiers montpelliérains sur la conduite de cette enquête. Pour couper court à des divergences de vue, le juge s'était tout simplement mis en tête de ne plus leur laisser d'initiative et d'assumer en quelque sorte le rôle d'enquêteur. Pour montrer leur mécontentement, les policiers n'avaient accompli aucun acte concernant le meurtre de Mirepeisset, depuis leur saisine au mois de janvier. Avec tact, je les ai informés des intentions du magistrat. Mon interlocuteur soulagea bien volontiers mes scrupules et me souhaita bonne chance dans la collaboration avec le juge d'instruction.

Fort de ces renseignements, je battis le rappel des

détails de l'affaire criminelle de Mirepeisset, qui, en janvier, avait défrayé la chronique locale. Je me souvenais bien que la gendarmerie avait abondamment communiqué en interne sur cette affaire, dirigée avec succès par l'adjudant Laffont. La mise en évidence de cette réussite par des gendarmes de brigades territoriales, qui n'ont pas pour vocation première d'effectuer certaines enquêtes criminelles, avait alors été très appréciée par la base. En effet, les investigations dans ce genre d'affaire requérant de la technicité sont de préférence dévolues à des services spécialisés, telle que la Brigade de Recherches.

Le lendemain, je réunis mon équipe pour faire part des divers entretiens que j'avais eus avec le juge d'instruction Fleuriau et nos collègues de Montpellier. Je leur résumai rapidement les éléments en ma possession concernant le meurtre de Mirepeisset. Ce renversement de situation rendit mon auditoire perplexe. S'ensuivit une discussion animée. Certains m'incitèrent même à refuser le dossier, car le juge voulait déclencher une « guerre » entre services de police judiciaire. Je les écoutai, leur avis relevait de la logique. Le juge d'instruction devait assumer ce que nous considérions comme une erreur. De mauvais souvenirs refaisaient surface, comme l'initiative du juge Fleuriau de saisir sur commission rogatoire la police au détriment de la gendarmerie pour des faits survenus sur son territoire. À la gendarmerie la zone rurale, à la police la zone urbaine. Telle est la règle. Y déroger est très mal perçu. Certes, le juge d'instruction peut passer outre, sa décision est souveraine et sans appel. Force est de s'en accommoder. Je tentai de calmer leur animosité, rappelant que nous étions à la disposition des magistrats. Je finis, non sans mal, à les convaincre.

Le lundi 7 septembre, à quinze heures, le juge Fleuriau me reçut dans son bureau, et sans préambule me déclara :

— Je viens de dessaisir le SRPJ de Montpellier à votre profit. Je vous confie le dossier Salvador.

Surpris, je m'abstins de tout commentaire. Pour lui, la décision était acquise, je n'avais pas à l'accepter ou à la refuser. Je m'étais préparé à ce discours. Je lui précisai qu'avant de l'accepter, j'entendais exercer toutes mes prérogatives sans entrave. Il m'assura que ce serait le cas. Le juge me désigna alors un siège et engagea une conversation qui resta discrète sur la relation conflictuelle qu'il entretenait avec les policiers du SRPJ de Montpellier. Je me suis bien gardé de lui en parler. Puis il m'exposa les difficultés de cette affaire criminelle, notamment l'absence de mobile et d'aveu du mis en cause Lucien Duval. Pour lui, cette enquête était bien plus compliquée qu'elle laissait paraître. Il me remit une copie de l'ensemble de la procédure et conclut que ce dossier serait le dernier de sa carrière. Il souhaitait le mener à bien avant son départ et me demanda de m'y consacrer en priorité. Ce sont les seules directives qu'il me donna.

Aujourd'hui, avec du recul, je dois admettre que le juge d'instruction Louis Fleuriau ne m'a pas gêné dans la conduite de cette enquête. Bien au contraire. J'ai eu tout loisir de prendre les mesures que je souhaitais, même les plus délicates. Il m'y a parfois aidé, comme lorsqu'il est intervenu auprès de ma hiérarchie pour détacher auprès de moi le gendarme Mari de la brigade de Ginestas. Il me laissa faire à ma guise, dès lors que je respectais les formes légales et que je lui rendais compte du progrès de mes investigations.

Vers dix-sept heures, je quittai le cabinet du juge Fleuriau avec le dossier criminel qu'il venait de me confier. L'enquête sur commission rogatoire pouvait débuter.

L'ENQUÊTE

De retour au bureau, j'entrepris l'étude des pièces de la procédure et ne tardai pas à les trouver décevantes car me paraissant manquer des auditions et des vérifications à mon sens nécessaires. En somme, le dossier me semblait peu étoffé. Tous les témoignages contenus dans l'enquête convergeaient vers une lumineuse évidence, la culpabilité de Lucien Duval dans le meurtre de José Salvador. Cette affaire était trop simple, trop facile à élucider. Quand je fis part de mes réserves à mes collègues de la Brigade de Recherches, je ne recueillis que des sourires et les ricanements que mérite celui qui veut se démarquer du plus grand nombre. « Allons, allons, soyons sérieux, on a identifié le coupable », rétorquèrent-ils. Ce qui les incita à me reprocher de façon insidieuse mon empressement et le temps perdu à vouloir reprendre ce dossier.

Le fait est qu'au fond de moi brûlait la petite flamme du doute. Je savais d'expérience qu'il faut se méfier des évidences. Je rejoignais en cela l'avis du juge d'instruction. Par bonheur, nous partagions ces réserves, pour les raisons mêmes qui me poussaient à transgresser les certitudes les plus simplistes. Plus je lisais et relisais la liste des pièces à charge, plus je m'insurgeais contre le dilettantisme dont on fait preuve les enquêteurs, et plus je cherchais les failles, les contradictions, les insuffisances du monument administratif étalé devant moi : le rapport d'enquête, dont dépend la liberté d'un homme. D'abord, je ne trouvais rien. Mais la certitude officielle me chagrinait, me gênait. À cette accablante autorité, je n'avais à opposer, contre toute évidence, c'est le cas de le dire, que l'objection impérieuse d'une conviction intime qui s'imposait à moi, presque contre ma volonté. Dans les auditions, un détail me contrariait, mais lequel ? Curieux comme le cerveau humain peut s'éclairer parfois d'une sorte de préscience ! Un sixième sens ? Le saurai-je jamais ? Mon entêtement ne prenait-il pas tout simplement racine dans une sorte de fierté, la fierté d'avoir raison et d'obliger les autres à le reconnaître une fois la vérité mise à jour ? À cela s'ajoutait un certain sens de la solidarité sociale. Des Lucien Duval, j'en avais connu des dizaines. Non seulement je les avais côtoyés, mais j'avais partagé leurs distractions.

Nous étions issus du peuple des villages, à des degrés divers, toujours en butte à l'autorité, que je représentais maintenant. Les Lucien Duval, je les connaissais. Or, peut-on nourrir de l'hostilité à l'égard de ceux que l'on connaît bien et que l'on a fréquenté longtemps ?

Accaparé par la lecture, j'en oubliais l'heure. Il était vingt et une heures. Dans mon bureau déserté, le faisceau de la lampe éclairait les témoignages à charge qu'une incitation secrète m'incitait à détruire. La fatigue me gagnait. Il était temps de refermer le dossier. Demain peut-être résoudrai-je l'énigme ? Mon regard se tourna vers l'une des fenêtres restées ouvertes à la recherche d'une hypothétique solution. L'inspiration serait-elle dehors ? Une tempête se levait. Une bourrasque s'engouffra soudain par la fenêtre ouverte et s'en prit aux feuilles du dossier, que je dus protéger de mes deux mains. Un éclair déchira le ciel noir, une pluie drue s'abattit. À la hâte, je fermai la fenêtre. Les réverbères semblaient ployer sous les rafales de vent. Même le ciel m'incitait à regagner mes pénates où m'attendaient Fénix, un dalmatien et Ulysse, un boxer bringé, deux irremplaçables amis.

Aussitôt arrivé, j'oubliai presque ma fatigue, et me plongeai dans le compte rendu d'analyses. De tous les documents du dossier, c'était, et de loin, le plus accusateur, car paré de l'objectivité que l'on prête volontiers à la science, celui que n'effleurent pas les passions humaines, celui qui a la force d'un fait brut. En fin de lecture, une évidence s'imposait : Je ne partageais pas l'interprétation des analyses des premiers enquêteurs et magistrats. Certes, je ne mettais pas en cause la similitude du sang de Lucien Duval et de celui prélevé sur les lieux du crime, mais je savais aussi que des millions de personnes possédaient le même groupe sanguin que l'accusé. L'argument d'une culpabilité fondée sur la similitude des sangs serait vite balayé en cour d'assises. Comme mes connaissances en médecine légale n'allaient pas au-delà, je résolus de recourir à un de mes amis, médecin généraliste, qui pratiquait à Soual, une petite commune du Tarn. Je le savais passionné de médecine légale. Pourrait-il confirmer le bien-fondé de mes doutes en la matière ? Brûlant d'impatience, n'y tenant plus, je décrochai le téléphone et l'appelai malgré l'heure tardive. Il fut surpris, mais se déclara heureux de mon appel. Je lui exposai les données de l'enquête. À mon grand soulagement, il confirma mon point de vue et précisa même que dans quelques années, la médecine serait en mesure d'isoler avec précision le rhésus de chaque individu avec une infime marge d'erreur. C'est ce que de nos jours on appelle l'ADN. J'étais rassuré. Mais ce nouvel élément changeait la donne et nécessitait que je prenne contact avec l'adjudant Laffont, en l'occurrence, le directeur d'enquête.

Le directeur d'enquête est celui qui dirige et coordonne les investigations sous l'autorité du magistrat mandant, puis rédige le procès-verbal de synthèse. Il est l'interlocuteur privilégié des autorités hiérarchiques.

Le mardi 8 septembre à huit heures, je me présentai devant l'imposante porte de bois de la gendarmerie de Ginestas, afin de rencontrer l'adjudant Robert Laffont, que je connaissais un peu, sans plus. Je l'avais croisé lors de quelques réunions de travail liées aux problèmes de délinquance, et avais eu avec lui de rares entretiens. Je gardais l'image d'un gradé sympathique et jovial. Je savais que depuis déjà de nombreuses années il commandait cette brigade rurale vouée à la tranquillité publique, qu'il assurait, paraît-il, en protégeant la sienne propre. C'était là toute l'ambiguïté du personnage, certes compétent, mais obsédé depuis l'enfance par sa propre sécurité, matérielle, administrative, psychologique. On murmurait que le souci de son bien-être s'infusait dans la population à la façon du thé dans l'eau chaude. Même les risques, il les avait courus pour ne pas se singulariser dans un contexte où une prise de risque est de rigueur.

Au premier coup de sonnette, le gendarme de permanence vint m'ouvrir et annonça ma venue, qui suspendit un moment le train-train quotidien. La visite d'un membre de la Brigade de Recherches crée un petit événement. On m'accueillit avec plus que de l'attention, avec des égards. J'exposai la raison de ma présence et j'appris que l'adjudant Laffont avait pris sa retraite au mois d'août et s'était retiré à Narbonne-Plage, rue des Corbières, où il possédait une petite maison, dont le salon s'ornait d'un cadre doré où brillait, sur fond rouge, son brevet chromé de parachutiste, son fameux 182035, qui pendant toute sa carrière a agrémenté le mur de son bureau. À se demander s'il n'était pas, dans son âme, plus parachutiste, que gendarme ? Lors de la sympathique cérémonie de départ, il avait déclaré savourer par avance le plaisir de travailler ses vignes et sa visite matinale quotidienne au boulanger du boulevard de la Méditerranée. Ainsi passe la gloire du monde.

Son absence me décevait, mais je fus heureux d'apprendre qu'il avait obtenu le grade d'adjudant-chef qu'il convoitait depuis si longtemps et qu'il ne l'aurait jamais eu sans sa réussite dans l'enquête sur le meurtre de José Salvador. La gendarmerie avait tenu sa promesse. Fort bien.

Je fis la connaissance des gendarmes Mari et Dupin, mentionnés sur plusieurs procès-verbaux d'auditions. Dupin se manifesta le premier. Dès le début de notre conversation, il m'apprit qu'il était comme moi, originaire de Sallèles d'Aude. Il me reconnaissait, dit-il. Pas moi, à vrai dire. En réalité, je n'en avais qu'un vague souvenir. Je savais deux ou trois choses de lui. Agé de sept ans lors du divorce de ses parents, il était parti avec sa mère vivre en Auvergne. Mais j'avais peu ou prou fréquenté son père que je rencontrais lors de rencontres de rugby à Narbonne. Il me parlait volontiers de son fils dont il suivait la carrière avec une fierté toute paternelle. À l'évocation de ces souvenirs, Dupin esquissa le sourire gêné d'un enfant qui se rend compte qu'on en sait beaucoup sur lui, puis il proposa de m'installer dans le bureau de Laffont, laissé vacant. En raison de son ancienneté, il dirigeait la brigade par intérim. Sur le ton de la plaisanterie je lui dis qu'à la première occasion, je ne manquerais pas de faire état de cette promotion à son père. De nouveau, il me gratifia d'un sourire prudent, puis, se prévalant soudain de son rôle de chef, appela, tout fiérot, son collègue Mari auquel il réclama l'ensemble du dossier sur le meurtre de José Salvador. Ceci fait, il partit vaquer à ses occupations.

D'apparence réservée, Mari était le benjamin de la brigade. Il avait suivi l'affaire dès ses débuts et se déclara prêt, je cite, à « tout me dire ». Il se campa devant moi. Pour le dispenser de la sorte de garde-à-vous qu'il affectait, je le priais de s'asseoir, ce qu'il fit, mais pour adopter la raideur studieuse d'un étudiant qui passe un oral. Certes, il se montra prolixe, « me raconta toute l'affaire », mais en laissant de côté l'essentiel : les détails. Parlant d'abondance, véhément même, il conclut que le meurtre était résolu et la culpabilité de Duval indéniable. Sa fougue prouvait au moins l'intérêt qu'il avait pris à l'enquête. Je lui accordai donc un préjugé favorable : bon élément, sérieux appliqué, mais sans expérience. À amender.

À vrai dire, son récit ne m'apportait rien de nouveau, ce dont je ne laissais rien paraître, pour ne pas le froisser. Avec un tact fondé sur l'expérience, je l'amenai sur le terrain de l'enquêteur, un terrain semé d'embûches, car il n'y a pas d'affaire simple. Aucune affaire ne ressemble à une autre.

— Il ne s'agit pas, lui dis-je, d'affirmer une conviction baptisée vérité, mais de déterminer la responsabilité d'un individu pour ce qu'il a fait, au moyen de preuves formelles, irréfutables, et rien d'autre. Notre rôle consiste à rechercher et à désigner le coupable, c'est tout. Il ne nous appartient pas de le juger, encore moins de le condamner. Nous ne sommes pas des juges.

Ces propos le surprirent et, à son air, je compris qu'il n'avait pas saisi. Qu'à cela ne tienne. Je lui administrai alors un exemple concret, sous la forme de l'analyse de sang, mentionnée dans la procédure, l'élément accusateur qui a condamné Lucien Duval. Cette fois il comprit et, gravement, acquiesça. Je l'informai que je comptais reprendre l'enquête depuis son début. Aussitôt, sans me laisser poursuivre, il me demanda s'il pourrait y être associé. En raison de son désir de bien faire, manifesté dans son exposé, en raison aussi de la qualité de son expression, je lui promis de faire de mon mieux et d'intervenir auprès de la hiérarchie pour accéder à sa requête.

Il me remercia et me présenta le gendarme Delorme, cité dans la procédure initiale comme celui qui avait reçu l'appel téléphonique de Juan Salvador annonçant la mort de son fils, le samedi 17 janvier vers cinq heures du matin. Il se souvenait que le vieil homme s'était exprimé dans un mélange de patois, de français et d'espagnol. Contrairement à l'éthique en vigueur, il avait enregistré la conversation. Il procédait ainsi depuis que ses supérieurs l'avaient rendu responsable d'un retard dans le déclenchement des secours lors d'un accident mortel de la circulation. Il s'était toujours défendu de ce retard. Depuis, « pour se mettre à couvert » il enregistrait tous les appels quand il était de permanence. L'affaire du prétendu retard lui avait valu une mutation disciplinaire à la brigade de Ginestas.

Comme je le devinais blessé, je déclarai approuver ses enregistrements, qu'au fond de moi je jugeais superflus. Puis, sur le ton de la plaisanterie, je lui dis qu'il n'avait pas perdu au change puisqu'il exerçait ses talents dans une jolie brigade méridionale, loin des brumes du Nord et avec le soleil en prime. Il hocha la tête en signe d'approbation. Cette banalité éculée le fit sourire. Enfin, il me confia avoir soigneusement mis de côté l'enregistrement de Juan Salvador, pensant que Laffont le réclamerait pour l'enquête. Il se leva et partit chercher sa précieuse cassette, « pour que je puisse écouter l'accent rocailleux » de Juan Salvador. Je n'en voyais pas l'utilité, mais pour ne pas le décevoir, je lui promis d'en prendre connaissance.

Vers dix heures trente, je quittai Ginestas afin de rendre visite au nouveau capitaine de la gendarmerie de Narbonne, pour plaider la cause, me semblait-il juste, du gendarme Mari.

Je ne connaissais pas encore cet officier, en fonction depuis le mois d'août mais les échos qui m'étaient parvenus à son sujet le présentaient comme un homme suffisant, autoritaire, imbu des prérogatives de sa fonction et ignorant tout de la police judiciaire, ce qui n'était pas surprenant puisqu'il arrivait tout droit de la gendarmerie mobile de la Réole.

La Gendarmerie Mobile est une subdivision d'arme de la Gendarmerie Nationale, spécialisée dans le maintien ou le rétablissement de l'ordre. Elle participe à la sécurité publique générale aux côtés de la gendarmerie départementale. Elle intervient rapidement sur l'ensemble du territoire national ou en opérations extérieures comme les autres forces armées françaises. Au sein de la gendarmerie, cette unité est surnommée « la jaune », en raison de la couleur dorée de ses galons.

Une fois dans le couloir qui menait au bureau du capitaine, je me fis annoncer et attendis en confiance. L'entrevue pouvait avoir lieu sans délai, puisque je savais par avance qu'aucun rendez-vous ne figurait sur l'agenda de mon supérieur. Je venais lui exposer les qualités professionnelles du gendarme Mari et solliciter son détachement temporaire au sein de la Brigade de Recherches, le temps de l'enquête en cours. Ce détachement s'inscrirait tout naturellement dans la préparation à l'examen sanctionné par le diplôme d'officier de police judiciaire, très convoité par Mari.

À mon niveau, j'étais enchanté à l'idée de rencontrer enfin le patron des gendarmes du Narbonnais. Mais au bout d'une demi-heure je commençai à trouver le temps long. Les secrétaires me confirmèrent bien volontiers que le capitaine avait été prévenu de ma visite. Une autre demi-heure s'écoula. Je me mis à arpenter le couloir. Soudain, la porte s'ouvrit, mais, curieusement, personne n'en sortit. Sans ma promesse à Mari, j'aurais tourné les talons. Sur le point de m'y résigner, apparut enfin devant moi un officier à l'allure caricaturalement altière, droit comme un I, raide comme la justice, vêtu d'un uniforme noir bien ajusté, épingle à cravate étincelante, la tête haute, le regard lointain, et cheveux en brosse coupés de frais. Aucune poignée de mains. Attendait-il de ma part un salut militaire ? Il m'en fit la remarque. Ma première impression fut négative. À sa posture, je sus que le courant ne passerait pas entre nous. Avec nonchalance, il me fit signe d'entrer puis m'avisa sans ambages que sa charge de besogne réduisait à très peu le temps qu'il pouvait m'accorder. Il me laissa debout, s'installa sur son siège et affecta de me prêter peu d'attention. C'est sans conviction que j'exposai ma requête, pour laquelle il ne manifesta aucun intérêt. Il ne m'interrompit que pour me rappeler ses attributions, précisant qu'il était le seul à décider des détachements du personnel et qu'il n'avait nulle intention d'accéder à ma demande. Sans ménagement, il me renvoya à mes enquêtes. L'entrevue n'avait pas duré deux minutes. Je reconnaissais à mes dépens le bien-fondé des rumeurs circulant sur ce personnage hautain, qui venait de me vexer durablement. La rage au cœur, je décidai aussitôt de rendre visite au juge

Fleuriau, qui me reçut sur le champ. Je lui relatais tout d'abord l'humiliation que je venais d'endurer. Il sourit.

— Ces jeunes officiers manquent un peu de diplomatie, concéda-t-il. Ne vous mettez pas martel en tête. Je vais voir ce que je peux faire.

Le lendemain matin, il m'appela :

— Problème résolu, le gendarme Mari est désormais à votre disposition. Vous voyez, tout s'arrange. Maintenant, excusez-moi, je n'ai pas trop le temps de vous parler.

Et sur ces mots, sans attendre les remerciements qu'il méritait, il raccrocha. Peu après, je reçus un message de l'état-major confirmant la mise à ma disposition du gendarme Mari. J'imaginais, avec une joie féroce, la mine décomposée du capitaine en apprenant la nouvelle. J'avais remporté une victoire, mais je m'étais fait un ennemi, un ennemi puissant qui ne me pardonnerait jamais de l'avoir circonvenu. Plus tard, bien plus tard, j'appris que le juge Fleuriau et le général de gendarmerie de la région Sud appartenaient tous deux à la même promotion de Saint-Cyr. L'un avait opté pour la Gendarmerie Nationale et l'autre pour la magistrature. Ainsi s'expliquait l'efficacité du juge d'instruction.

L'information parvint au gendarme Mari par la voix de son capitaine lequel, pour surpris qu'il fût par ce détachement inattendu, s'abstint de tout commentaire, ce que je comprenais fort bien. Je ne fis au gendarme détaché aucune confidence sur les circonstances de son affectation. Il était heureux. Là était l'essentiel. Petit problème, cette fringante recrue se voyait déjà membre à part entière de la Brigade de Recherches, et chargée de toutes ses missions : interpellations particulières, protection rapprochée, infiltration du grand banditisme, filature, et j'en passe. Force me fut de ramener mon jeune adjoint à la réalité en le colletant aux tâches les plus humbles. À cette fin, je lui imposais la relecture de tous les procès-verbaux figurant dans l'enquête, avec mission d'en relever les contradictions. Je présentai ce pensum comme un travail de fond des plus formateurs. Sans sourciller, il obtempéra aussitôt.

Quant à moi, je décidai de me rendre à Mirepeisset pour effectuer ce que j'appelais ma prise de repères. Il s'agissait là d'une de mes techniques éprouvées sur d'autres scènes de crime. Dans un premier temps, elle consistait à visiter discrètement les lieux du drame et leur environnement. Une fois ce cadre défini, je procédais ensuite à l'audition informelle de témoins, de voisins ou d'habitants rencontrés par hasard ou presque. Je savais d'expérience que les gens réagissent à une émotion soudaine en parlant sans aucune retenue de la victime, des jugements portés sur elle, de ce qu'ils ont vu, entendu et ressenti. Cette logorrhée émotionnelle ne dure que quelques heures. Lui succèdent l'apaisement, la réserve et, au pire, le mutisme prudent, au détriment de l'enquête en cours. Pour donner de l'inconnu que j'étais une image rassurante, j'emmenais avec moi mes fidèles compagnons, Fénix et Ulysse. Je connaissais à peine le village, pourtant voisin du mien, Sallèles d'Aude. Tout au plus savais-je qu'un plan d'eau habilement qualifié de lac, faisait, en été, le bonheur des vacanciers. Mais mon cœur penchait plutôt vers Ouveillan et Narbonne, lieux de mes distractions.

Je garai ma voiture sur la place, tout contre un mur pour ne pas gêner la circulation et m'abandonnais à la découverte d'une petite commune calme, avenante, bordée par deux cours d'eau, la Cesse et le canal du Midi. Il émanait du lieu tout entier une impression de bien-être discret, d'honnête prospérité.

Au terme de ce tour d'horizon, je me dirigeai vers la rue du Minervois à la recherche des maisons de Juan Salvador et d'Adèle Brun. Elles se faisaient face. La première correspondait en tous points à la description faite par l'adjudant Laffont. La seconde, à la façade terne, aux volets brun-pâle, était la banalité même, semblable aux bâtisses de la haute époque vigneronne qui façonnent l'identité des petites communes du Midi. Dans les environs immédiats, j'accédai à une placette et, surprise, je découvris le célèbre café de Léon ! Attablés en terrasse, des consommateurs aux gestes amples parlaient fort, en français, en espagnol, en occitan, dont les triples sonorités se fondaient en un brouhaha hermétique à tout visiteur en provenance d'autres horizons. Nous étions en période de vendanges et, comme chaque année, des travailleurs ibériques « envahissaient » la région, ou, comme on dit, « débarquaient ». Fier de mes origines, je fus un moment tenté, moi l'Hispanique, le revendiqué Catalan, de me mêler à la discussion, dont l'objet importait bien moins que l'occasion donnée de s'exprimer haut et fort. Mais je m'abstins et, sagement, décidai de rejoindre mes fidèles compagnons qui devaient trouver le temps long dans la voiture. Sagement, certes, mais avec une pointe de regret car j'appartenais corps et âme au monde multiculturel qui transcende la frontière naturelle des Pyrénées… Je m'éloignai, le chœur polyglotte s'apaisa, puis s'estompa quand je parcourus le chemin inverse des deux comparses de la nuit du 17 janvier.

À la fenêtre de la cuisine de la maison de Juan Salvador, apparut une silhouette furtive, celle du maître des lieux sans doute. Je me tournai ensuite vers la maison d'Adèle, notre témoin à charge. Quatre mètres à peine séparaient les deux habitations. J'avais la conviction que malgré son grand âge, Adèle ne pouvait se tromper.

De retour à ma voiture, je fus interpellé par un

homme d'allure résolument rustique, de toute évidence de la même génération qu'Adèle et Juan Salvador. Sa tenue m'était à la fois familière et sympathique. Il portait un pantalon bleu, une veste de même couleur à l'origine, mais très éclaircie par l'exposition au soleil et, enfin, un béret mal posé sur sa tête. Un reste de cigarette pendant à un coin de ses lèvres. Il m'attendait pour me reprocher d'avoir garé mon véhicule trop près de ses pots de fleurs. Il appuyait ses récriminations de petits coups de canne sur le sol, première manifestation de ce que j'appellerai par la suite en secret « le langage de la canne ». Quelques secousses du pommeau tout en gardant la pointe sur le sol, exprimaient l'impatience et la colère. La canne inclinée en un geste large signifiait « nous sommes bien d'accord » et la canne saisie à mi-longueur proclamait le vif désir « de ne pas être enquiquiné » et ainsi de suite…

J'esquissai un sourire dont il ne comprit pas le sens mais qui établit entre nous un courant de sympathie. J'inventai que j'étais en vacances et que, féru de faits divers, je m'intéressais au meurtre qui avait eu lieu quelques mois auparavant dans le village.

— Ce sont mes voisins, dit-il en pointant sa canne en direction de la maison de Juan Salvador.

Puis, en patois, il évoqua les événements tragiques. Je traduis :

— C'est là que le fils de Juan a été retrouvé mort. C'était son fils unique. Pour moi, les gendarmes ont mal fait l'enquête. Le petit Lucien ne peut l'avoir tué. C'était des amis ! Je vais vous dire : quelques jours auparavant, la femme de José est revenue au village. Sa voiture était là, le jour du drame, juste à l'endroit de la vôtre en ce moment. Au petit matin, elle avait disparu. Cette femme est une peste. C'était la maîtresse de Lucien, sa poule si vous voulez. Je vais vous dire quelque chose : j'ai une vigne mitoyenne de celle de Lucien qui longe le canal vers le Somail. Je les ai vus entrer ensemble dans le cabanon. Qu'y faisaient-ils à votre avis ? Hein ? Pour moi, cette femme en voulait à l'argent et aux vignes de Salvador.

Il précisa ensuite que la voiture était immatriculée 40, les Landes, puis ajouta :

— Je regrette que les gendarmes ne m'aient rien demandé, car j'avais des choses à leur dire, croyez-moi.

Je ne pus m'empêcher de répondre que son vœu serait exaucé. Il ne pouvait comprendre, mais me gratifia d'un aimable sourire. Discrètement, je relevai son nom sur la boîte aux lettres : Alphonse Roques, puis saluai et quittai le village satisfait des renseignements glanés. J'avais du mal à comprendre que l'épouse de José Salvador n'ait pas été entendue par Laffont. Cette Léa s'imposait désormais comme un élément incontournable de l'enquête.

Le lendemain, je fis le point avec le gendarme Mari, commentant longuement à son intention les renseignements recueillis à Mirepeisset. De son côté, la lecture des rapports d'audition n'avait rien donné. J'en fus déçu car j'étais persuadé que la clé de l'énigme se trouvait dans les procès-verbaux. Mais je ne pouvais guère en faire le reproche à mon jeune assistant, un novice détaché auprès de moi pour apprendre. À ses yeux la culpabilité de Duval ne faisait aucun doute. Décidément, il y tenait.

La jeunesse et l'inexpérience le rendaient intempestif et je dus insister pour lui représenter une fois de plus que dans une enquête rien n'est acquis tant que les preuves ne sont pas établies avec certitude. Ce qui parait indubitable tel jour, sera infirmé demain grâce à un nouveau développement de l'investigation. À l'appui de mes propos, j'évoquais la déconvenue survenue à un de nos membres, lors de son affectation à la Brigade de Recherches, que je prénommai Paul. Ce dernier était tout comme lui un jeune gendarme qui avait réussi l'examen d'officier de police judiciaire. Il rêvait d'intégrer une unité spécialisée. Au vu de son enthousiasme et sur la foi de son jeune savoir, nous l'avions volontiers coopté dans l'unité de recherches. À l'époque, on travaillait sur une grosse affaire de vols de tableaux et de meubles anciens dans plusieurs résidences bourgeoises de la région. De fil en aiguille, l'enquête nous avait conduits à vérifier des plaques de voitures appartenant pour la plupart à la communauté dite des gens du voyage. L'une d'entre elles était la propriété d'un nommé El Gato, le Chat, ainsi nommé pour la féline souplesse qu'il déployait à s'introduire chez ses victimes. Chef de bande rusé et redoutable, il savait se jouer de l'incrédulité de son interlocuteur. Nous le savions rompu au cérémonial des gardes à vue, auquel il se prêtait avec le calme des vieilles troupes et toute son intelligence appliquée à tenir la loi en échec. À cette époque l'inculpation reposait essentiellement sur les aveux. Je confiai l'affaire à Paul et le chapitrai de mon mieux. Il se mit au travail et, peu après, arrêta El Gato. J'eus droit, comme il se devait, à tous les détails. Il tenait l'auteur des cambriolages et le passage aux aveux ne faisait pas l'ombre d'un doute. Je félicitai, j'encourageai, mais au fond de moi, je doutais. À bon droit, hélas, car au terme de neuf heures d'audition, Paul, à bout de nerfs, vint m'annoncer qu'El Gato n'avouait rien, se déclarant tout à fait étranger aux faits imputés. « Je n'en peux plus. J'ai besoin de décompresser en fumant une cigarette. Peux-tu le surveiller un instant ? » Me dit-il. « Bien sûr ».

C'est ainsi que je repris contact avec mon vieil « ami » El Gato, canaille pétrie de perversité et indic à l'occasion. D'emblée il se moqua de l'amateurisme de Paul, le traita de blanc-bec et de minus…

— Il ose me dire qu'il a relevé mes empreintes sur les lieux du délit. Or moi, je porte toujours des gants. Ce jeunot me fait rire. Il n'a aucune preuve contre moi et n'en aura jamais. Qu'il n'insiste pas. Il perdrait son temps. Dites, vous m'avez mieux habitué que ça, à la Brigade de Recherches ! Le métier se perd…

Je rapportai bien sûr ces propos à Paul. Il se mordit les doigts d'une telle maladresse. Cet incident lui servît de leçon tout le long de sa carrière. Quant à El Gato, il fut remis en liberté sur décision du procureur de la République. L'affaire des tableaux volés ne fut jamais résolue.

Mari m'écouta avec la plus grande attention, puis crut pouvoir conclure :

— Si je comprends bien, Lucien Duval est innocent du meurtre de José Salvador !

Je lui fis observer que je n'avais pas dit cela, mais que les charges qui l'avaient conduit en prison pour homicide me paraissaient bien légères. Pour le convaincre, je lui rappelai de nouveau que l'accusation de Lucien se fondait surtout sur les prélèvements sanguins et les affirmations d'Adèle. Or, des millions de personnes ont le même rhésus et, d'autre part, Adèle n'avait jamais prétendu qu'elle avait vu Lucien tuer José Salvador.

Ma démonstration eut l'heur de convaincre Mari qui se rallia dès lors sans réticence à mon point de vue, ce que je portais au crédit de ses bonnes dispositions.

Le lundi 14 septembre, je convoquais, pour dix heures, Alphonse Roques, le vieux vigneron loquace, dans un des bureaux de la mairie de Mirepeisset, aimablement mis à ma disposition par monsieur le maire. Auparavant, j'avais rassemblé quelques informations sur le vieux célibataire à la tenue bleue, âgé de 85 ans, retraité de la viticulture, propriétaire de quelques hectares de vignes loués à un petit-neveu, ce qui lui permettait d'arrondir ses maigres fins de mois. Tous les jours et par tous les temps il faisait un tour du propriétaire, « Des fois que ses vignes lui auraient été volées », disait-il plaisamment. Celle qui jouxtait la vigne de Lucien Duval était sa préférée, en bordure du canal du Midi. Il allait souvent s'y promener. Quand il faisait très chaud, il aimait s'asseoir à l'ombre des platanes, fermer les yeux et s'abandonner à d'intimes rêveries. Sa sieste terminée, il laissait son regard errer complaisamment sur la nature environnante, qu'embellissait le canal. Dissimulé par les tamarins, rien ne lui échappait. Que de couples légitimes ou illégitimes, d'amourettes comblées ou frustrées n'avait-il pas observés ! C'était le secret d'une personnalité du village, reconnue comme telle, mémoire d'une communauté tout entière, comme il en existe à la campagne. Je brûlais de le rencontrer et m'amusais par avance de sa réaction lorsqu'il me verrait en tenue de gendarme. Allait-il me reconnaître ? De la fenêtre, je le vis s'approcher, s'appuyant avec difficulté sur sa canne. Quand on l'introduisit, je lui tournais le dos. Il me salua d'un bonjour occitan. Lentement, je pivotai sur mes talons pour lui faire face. Son expression se figea quand il me reconnut, « en me remettant » comme on dit à Mirepeisset. Ses yeux s'agrandirent de surprise, son béret parut plus déséquilibré que jamais et la canne s'exprima de nouveau. Il en frappa le plancher plusieurs fois, comme pour s'assurer qu'il ne rêvait pas.

— Macarel, ce n'est pas possible ! Un gendarme ! Ça, alors !

J'avais obtenu l'effet escompté. Je souris et, gentiment, le priai de s'asseoir :

— Comme je vous l'ai promis, votre souhait d'être entendu par un gendarme au sujet du meurtre de José Salvador va se réaliser. Nous allons en discuter.

Son expression dépitée me fit craindre un instant qu'il se sentît piégé et déclarât ne se souvenir de rien. Il me dévisageait, me scrutait de la tête aux pieds. Visiblement, l'uniforme le perturbait. Pour instaurer entre nous une confiance compromise par ma petite mise en scène, je lui proposai un café qu'il accepta, meublai le silence par quelques banalités sur la pluie et le beau temps et, peu à peu, amenai la conversation sur le sujet qui me tenait à cœur. Il me confirma en tous points ses premières déclarations. Il affirmait que la voiture de Léa se trouvait bien devant la maison la veille du drame et que le lendemain matin, cette même voiture avait disparu. Non, il ne l'avait pas vue repartir, car il fermait ses volets vers dix-huit heures. Il était formel sur ce point capital : le 17 janvier à cinq heures du matin, la voiture n'était plus là. Sa marque ? Son modèle ? Aucune idée. Il ne connaissait rien aux voitures et en tirait gloriole. Mais la plaque se terminait par 40 ! Non, à aucun moment, il n'avait aperçu Léa. Il pensait qu'elle devait être avec son mari, ou avec Lucien, son amant. Cette relation extraconjugale lui était connue depuis longtemps car les amants se retrouvaient souvent l'après-midi dans le cabanon d'une des vignes de Lucien attenante à la sienne, face au canal du Midi. Il n'avait jamais parlé de cette idylle à quiconque, soucieux qu'il était « de ne pas avoir d'histoire avec la famille Salvador ». « Je vous assure que c'est la vérité », dit-il encore.

À l'issue de sa déposition, je le raccompagnai jusqu'à la porte. Avant de me quitter, il ajouta :

— Je les aimais bien, ces deux petits. Ils me rappelaient ma jeunesse. Savez-vous que moi aussi, j'ai vécu le même genre de relation amoureuse ? Je vous fais une petite confidence : je les avais surnommés *Les amants du canal du Midi*.

— Très romantique, commentai-je.

Dans son regard, je vis alors qu'il était prêt à me raconter son histoire. Celle d'un homme qui, au crépuscule de sa vie, ressentait l'envie soudaine de dévoiler des moments de bonheur intimes, profondément enfouis au fond de sa mémoire. Peut-être parce qu'il était face à un gendarme et qu'il savait que son secret serait bien gardé ? Quoi qu'il en soit, sa vie privée aussi intéressante qu'elle pût être, ne m'intéressait pas. Je lui fis comprendre gentiment que cette aventure, son « histoire », devait rester son jardin secret à tout jamais.

Nous échangeâmes encore un sourire complice, puis il s'en alla. Ainsi, j'avais éveillé en lui de vieux souvenirs. Lesquels ? Je ne le saurai jamais et rien ne me permettait d'y prétendre. À chacun son mystère. Plus un homme approche de la fin de sa vie, plus il se transforme en un individu unique. Le vieux Roques méritait le respect dû à un monument. Depuis la place, il se tourna vers la fenêtre et me salua de sa canne brandie, signe d'un cordial salut. Puis il s'éloigna, d'un pas prudent. Peu à peu, l'émotion m'étreignit, car à son image se substituait celle de mon propre grand-père, modèle vénéré de mon enfance, constante référence, incarnation de toutes sortes de qualités, bonté, courage, égalité d'humeur au service, entre autres, du rude travail des champs et de sa vie sociale, agrémentée parfois d'histoires vraies, ou partiellement enjolivées qui m'ont marqué à jamais. Je l'appelais Papé. La silhouette d'Alphonse disparut au coin de la rue. Ce fut notre dernière rencontre.

Une petite tape sur l'épaule me ramena à la réalité. C'était le maire.

— Ah, Alphonse ! me dit-il. C'est le sage, la mémoire de notre village, rien ne lui échappe. Tout le monde l'aime bien.

Je le croyais volontiers.

Je glissai quelques mots sur l'enquête et sollicitai son avis sur l'éventuelle relation de Léa et Lucien Duval. En administrateur avisé, Monsieur le maire sourit, comme pour excuser son devoir de discrétion. Certes, une rumeur lui était parvenue à ce sujet mais il ne pouvait se prononcer sur son bien-fondé. Il ne trouvait rien de répréhensible à ce que Léa et Lucien, bons amis, se promènent le long du canal, dont les berges ombragées attirent les promeneurs. Il me cita d'autres habitants qui en faisaient autant sans susciter de commérages.

— Il est vrai que Léa est une très belle femme, qui excite la jalousie, à la fois des hommes et des compagnes. Les gens ont la médisance facile, mais après tout, chacun est libre de ses allées et venues. De toute façon, Léa n'habite plus la commune. Elle est repartie pour sa ville natale : Dax. Elle travaille dans une station thermale, je crois.

Puis, comme gêné, il coupa court à notre conversation et m'invita à visiter les locaux de la mairie, ce que j'acceptai volontiers. Dans son bureau, il ouvrit un placard, s'empara d'une énorme clé en fer forgé et d'un air mystérieux me conduisit dans la tour de l'horloge. Là, il inséra la clé, la tourna lentement, poussa la porte et le visage irradié de fierté m'annonça :

— Voici notre belle horloge !

Il disait vrai : les mécanismes étincelants étaient impressionnants de complexité. J'eus droit, pour mon plus grand plaisir, à la description minutieuse d'une œuvre d'art jalousement entretenue par un collectionneur. Il insista sur le mécanisme qui égrène les secondes et règle la vie de toute une communauté.

— Savez-vous que les villageois rythment leurs besognes quotidiennes au son des cloches ? C'est l'angélus du matin qui donne le signal du départ aux champs, l'angélus de midi qui annonce l'heure du repas et l'angélus du soir qui ramène tout le monde au bercail, après un apéro chez Léon. Seul point faible de cette merveille, sa dépendance à l'égard de l'électricité, car lors de coupures de courant, le mécanisme s'arrête.

Cet inconvénient obligeait monsieur le maire, parfois à l'improviste, à devoir remettre la pendule à l'heure, au sens propre comme au figuré.

— Vous avez là, conclut-il, la plus ancienne horloge du département !

La visite terminée, je remerciai le premier magistrat de la commune pour son exposé magistral. Repris par les exigences de l'enquête, je voulus alors profiter de ma présence à Mirepeisset pour me rendre, en compagnie de Mari, chez Adèle, laquelle nous reçut fort aimablement. Elle s'exprimait avec lenteur, laborieusement même. Ah, nous venions encore pour entendre ce qu'elle avait vu au cours de cette fameuse nuit. Mais pourquoi ? Un instant, je crus que son état de santé était incompatible avec une nouvelle audition, et m'en consolais avec le souvenir de sa première déposition, certes du plus grand intérêt, mais qui me laissait pourtant sur ma faim. Adèle relata de nouveau ce qu'elle avait observé. Je me gardais de l'interrompre, pensant que jaillirait spontanément la lumière que j'attendais. Hélas, elle ne fit que confirmer ce qu'elle avait confié à l'adjudant Laffont : elle avait bien vu Lucien Duval et José Salvador entrer chez ce dernier. Duval était reparti à quatre heures du matin. Elle en était sûre puisqu'elle avait entendu les cloches sonner quatre coups. Et c'était tout. Ce sympathique entretien ne m'avait rien apporté de nouveau. Gentiment, je pris congé. Sur le chemin du retour, par un heureux hasard, nous rencontrâmes Juan Salvador, que Mari me présenta. Il nous invita sans façon à prendre un café chez lui et j'eus ainsi tout le loisir d'observer ce vieillard, écrasé de chagrin, au visage tiré, se déplaçant avec difficulté. Je me présentai comme le nouveau directeur d'enquête dans le cadre d'une commission rogatoire, ouverte pour meurtre sur la personne de son fils José, par le juge Fleuriau du tribunal de Grande Instance de Narbonne.

Il eut du mal à comprendre que l'enquête suivait toujours son cours alors que le coupable était en prison. J'en convins bien volontiers mais lui fis observer que plusieurs vérifications s'imposaient encore, sur le mobile du crime en particulier. Je ne parvins pas à le persuader et, sans sollicitation aucune de ma part, il répéta à mon intention la déclaration qu'il avait faite au gendarme Mari peu après le drame. Plus que jamais, je souhaitais lui poser quelques questions de nature à éclairer certains points obscurs. Mais vu son évident état de faiblesse, je renonçai.

De retour à la Brigade de recherches, vers dix-sept heures, je procédai au rangement de la paperasse de mon bureau lorsque apparut, sous une feuille, la cassette que m'avait confiée le gendarme Delorme. Je décidai de l'écouter. Tout d'abord, la voix rocailleuse de

Juan Salvador me fit sourire, sans plus, mais par un réflexe professionnel inspiré par la nécessité de réexaminer ce qui a déjà été vérifié, je déclenchai de nouveau le lecteur. C'est alors que les paroles prononcées le 17 janvier 1970 par Juan Salvador me troublèrent. Trois, quatre, cinq fois je repassai la bande ! J'avais trouvé ! Enfin trouvé ! J'appelai Mari, je lui imposai une audition de la cassette. Alors ? Il resta impassible. Heureux de le retourner sur le gril, je le traitai de novice, lui demandai un peu plus d'attention, une once de professionnalisme à lui qui voulait intégrer une Brigade de Recherches. Toujours rien !

— Réfléchissez, faites preuve d'un peu de perspicacité et vous deviendrez un bon officier de police judiciaire.

Je le torturais avec délices.

— Tenez, Mari, écoutez bien de nouveau les paroles de Juan Salvador.

Décontenancé, il s'égarait loin des évidences. Son dépit se transformait en fatigue. C'est vrai, il se faisait tard. Je décidai de l'aider. Je lui demandai de se concentrer sur les paroles que Juan a tenues au gendarme Delorme : « *Venez vite, on a tué mon fils José. Il est allongé dans la cuisine, il y a du sang partout. Je ne comprends pas pourquoi ça s'est passé. C'est un accident* ». Mari ne réagissait toujours pas.

— Allons, mon ami, réveillez-vous, c'est pourtant

simple. Élémentaire, comme dit l'autre.

Toujours rien.

— Soit. Suivez-moi bien.

Tel un maître d'école, je me plaçai devant lui et relatai les événements tels que le suggérait la scène du crime.

— C'est Salvador qui, au petit matin, a découvert le corps sans vie de son fils. Il appelle la gendarmerie et emploie le mot « accident ». Pourquoi ce mot, qui sonne mal en ces circonstances ? Par ailleurs, Juan Salvador déclare n'avoir rien entendu. Or, regardez ces clichés photographiques. Le sol est jonché de bouteilles cassées, faites de verre, matière qui se casse bruyamment, c'est bien connu. Salvador aurait dû se réveiller en sursaut. Mais pas du tout. Allons, Mari, un petit effort !

Sans succès, constatai-je. L'esprit du jeune gendarme était vraiment ailleurs… Il aspirait de toute évidence à rentrer chez lui. Pour Mari, le vieillard étant sourd et le fait qu'il n'ait rien entendu n'avait pas de quoi surprendre.

Il semblait tomber de fatigue et pensait davantage à prendre congé qu'à réfléchir.

— Excusez-moi, mais je n'arrive plus à suivre. Il se fait tard. Je passe un dernier coup de téléphone et je rentre chez moi.

Soudain, une panne d'électricité plongea le bureau

et la rue dans l'obscurité.

— C'est bien ma chance, avec cette coupure de courant, le téléphone ne fonctionne pas. J'appellerai demain. Allez bonsoir, murmura Mari.

Il alluma sa lampe de poche, enfila son pardessus, prit sa sacoche et se dirigea vers la sortie. Instantanément la lumière revint. Au même moment un flash me traversa l'esprit où se mélangeait le visage d'Adèle, la maison des Salvador et les cloches de Mirepeisset. Curieux comme le cerveau humain peut s'éclairer parfois d'une sorte de prescience ! Serais-je doté d'un sixième sens ?

J'interpellai Mari sur le pas de la porte.

— Mari, vous venez de me fournir la solution de ce qui me contrariait dans l'audition d'Adèle Brun.

À son soupir, je compris que la journée lui avait été pénible et qu'il avait hâte de partir.

— Vous soupirez, je sens que vous êtes très fatigué, mais vous allez m'écouter encore. Souvenez-vous : Adèle a déclaré que Lucien était sorti de chez José à quatre heures du matin. Elle en est persuadée puisqu'à cet instant les cloches ont sonné quatre coups. Au même moment, la lumière de la cuisine s'est éteinte pour se rallumer aussitôt. Adèle a naturellement pensé à une coupure de courant, ce qui était rigoureusement impossible puisque l'horloge fonctionne à l'électricité.

Il n'y a donc pas eu de panne. Autrement dit, José Salvador était encore en vie quand Lucien Duval est sorti dans la rue. Forcément, de l'intérieur quelqu'un a actionné l'interrupteur de la cuisine pour que la lumière revienne ! C'est évident.

Un court silence se fit… Puis, le visage de Mari s'éclaira enfin.

— Vous êtes un génie !

— Non, non, Mari, seulement un enquêteur qui réfléchit, tonnai-je avec fierté.

Un fou rire nerveux nous envahit. Oubliée la fatigue ! Nous avons pris place autour du bureau et avons élaboré ensemble plusieurs hypothèses. Pour ma part, je pensais que Lucien Duval n'était pas le meurtrier, mais mentait en prétendant ne pas être entré chez José Salvador. De plus, son obstination à vouloir maintenir cette version des faits restait incompréhensible et sans aucun fondement. Par contre Mari penchait plutôt pour la présence d'une tierce personne dans l'habitation, peut-être Léa ? L'amant, voulait-il protéger sa maitresse ? Possible, me dis-je. L'audition de Léa, épouse de José, s'imposait donc à brève échéance. Parvenu à cette conclusion, je libérai Mari.

Le lendemain, je contactai l'agence EDF de Sallèles d'Aude pour savoir à quoi m'en tenir sur la coupure de courant qui, paraît-il, avait affecté Mirepeïsset les 16 et 17 janvier. Bien m'en prit. Aucune anomalie dans la distribution de l'électricité ne s'était produite aux dates indiquées. Cette simple affirmation, émanant d'un technicien, autrement dit d'un personnage parfaitement neutre, donnait une impulsion nouvelle à l'enquête sur le meurtre de José Salvador.

Sans tarder, je rendis visite au juge Fleuriau pour l'informer des derniers développements de notre affaire, décidément de plus en plus complexe au fil des jours. Le juge me fit asseoir, prit place lui-même à son bureau et d'un geste me signifia qu'il était prêt à m'entendre. J'exprimai tout d'abord mes doutes sur les premières conclusions, prudemment, sans les qualifier de hâtives, mais en produisant les éléments de nature à modifier les données de l'enquête initiale. Surpris, le juge me demanda pourquoi les éléments dont je faisais état avaient échappé aux premiers enquêteurs. Je me gardai bien de répondre à une telle question, car il ne me revenait pas d'attribuer de bons ou de mauvais points à ceux qui m'avaient précédé sur le terrain. Je suis sûr que mon interlocuteur me sut gré de mon attitude qui relevait surtout de mes scrupules professionnels. En outre, les officiers de police judiciaire exercent sous le contrôle et la direction des magistrats mandants. Il me réclama des précisions, que je fournis dans les moindres détails.

Il fronça les sourcils, posa un instant le menton sur la main gauche, geste familier à ceux qui veulent réfléchir, rectifia la position de ses lunettes, les repoussant vers le haut du nez et parut s'isoler. Le silence se fit. Seule la sonnerie de son téléphone, dont il raccrocha aussitôt le combiné, vint le troubler. Il me soumit alors à une autre rafale de questions, sans jamais me prendre de court.

Comme je le pressentais, il parvint à cette évidence : la cassette, le témoignage d'Adèle sur la coupure de courant, la présence de Léa le jour du drame exigeaient une refonte de l'enquête. S'imposait aussi un lointain déplacement à Dax, afin d'interroger Léa. Mais comme pour tout juge d'instruction, les multiples impératifs de l'agenda l'obligeaient à différer la mise en œuvre de certaines décisions. Devant s'absenter quelques jours, il me proposa de repousser la convocation de Léa à la fin septembre. J'en fus étonné. Voulait-il se réserver l'audition de la jeune femme ? Soudain, il me parut anxieux. Peut-être se reprochait-il le sort infligé par lui, à Lucien Duval, placé en détention ? Se serait-il trompé ? En magistrat plus que rigoureux, rigoriste, et très vieille école comme il se plaisait à le dire, il redoutait par-dessus tout qu'une erreur judiciaire vînt marquer le terme de son irréprochable carrière. Le juge Louis Fleuriau se trompait rarement dans ses analyses et ses décisions étaient d'une justesse redoutée. Ses moindres actes avaient l'autorité de la chose jugée. Sa sagesse, ses paroles, ses ordonnances faisaient loi au tribunal de grande instance de Narbonne. Au-dessus de lui, il n'avait d'autre autorité que sa propre conscience.

À ma question sur son éventuel déplacement dans les Landes, il me rassura tout à fait. Non, il n'envisageait pas de s'y rendre. J'en fus soulagé. Non qu'il m'eût dérangé, mais sa présence aurait fatalement fait ombrage à mon autonomie, à laquelle je tenais beaucoup. Puis, il me parla de Lucien Duval. J'avais vu juste. Il s'interrogeait sur son degré d'implication dans le meurtre de José Salvador. Pour rien au monde il ne voulait maintenir un innocent en prison. Aussi, souhait-il se déplacer dans la commune de Mirepeisset pour effectuer une reconstitution sur la scène du crime, soit courant décembre soit au début de l'année suivante, 1971.

La reconstitution d'un crime *in situ* est un acte qui relève du juge d'instruction, magistrat qui dirige, convoque le mis en examen, la partie civile, les avocats et le procureur de la République, représentant la société. C'est un acte essentiel de l'enquête judiciaire. Elle permet de visualiser et de mettre en scène tous les acteurs du drame, qui sont appelés à refaire les gestes qui furent les leurs lors de la commission de l'infraction. Parfois, les personnes concernées jouent leur propre rôle. À défaut, ce sont des figurants qui les remplacent. L'intérêt de la reconstitution est de constater si la version des mis en cause est compatible avec la réalité du terrain.

Avant que nous nous séparions, le juge d'instruction me félicita pour le travail accompli, auquel j'associai bien volontiers le gendarme Mari.

— L'affaire devient sensible, des rebondissements sont à prévoir, redoublez de prudence ! Ce qu'il me faut, c'est des preuves et le mobile, conclut-il.

Quelques jours plus tard, après m'être annoncé, je rendis visite à René, l'employé municipal. C'était un Mirepeissetois de pure souche, des plus honnêtes, incapable de nuire à quiconque, et dont la bonté naturelle lui valait la réputation d'idiot du village. Certes, sa façon de s'exprimer fatiguait vite, d'autant plus qu'il parlait souvent pour ne rien dire, selon l'expression consacrée. L'incohérence de ses propos trahissait surtout la pauvreté de langage et un manque d'instruction, autant de facteurs caractéristiques d'un isolement social que venait rompre ma visite, dont il tirait un plaisir à la fois naïf et démesuré. Ainsi avait-il pris soin de prévenir son voisinage, avec des mines de celui qui en sait plus qu'il n'en dit, qui a des amis haut placés et que les gendarmes viennent solliciter à domicile. Cet ego bien affirmé le plongeait dans une sorte de rêverie machinale. Il m'accueillit avec un air de triomphe et d'importance enfin comblé. Je me contentai de sourire gentiment. René était de ces familles dont le caractère et les mœurs portent la marque de la simplicité, et je serais tenté de dire, de l'authenticité. Je respectais cette sorte de gens, car je reconnaissais en eux ceux parmi lesquels j'avais grandi et été heureux.

René me fit entrer dans la cuisine, théâtre de la vie domestique, dominée par une cheminée de pierre grise sur laquelle montaient la garde deux chandeliers de cuivre encadrant une lanterne destinée à parer aux coupures d'électricité. Au plafond, s'alignaient des poutres apparentes, fendues dans le sens de la longueur, noires de fumée. Je m'installai à la table et me disposai à exposer le but de ma visite lorsque, soudain, une femme âgée fit irruption. Corpulente, vêtue de noir, ses cheveux blancs soigneusement noués en chignon, elle brandissait une bouteille de vin, agréable complément de la sympathie naturelle qu'elle inspirait. Sa voix était douce, mais son ton ferme. De toute évidence, je me trouvais en présence de la mère de René. Elle me salua, puis s'en alla quérir dans un vieux buffet deux verres, qu'elle remplit d'autorité, avant, d'un léger mouvement de tête et d'un clignement d'yeux, de m'inviter à boire. Peu porté sur l'alcool, mais séduit par ces marques de rustique accueil, j'obtempérai en souriant. Surtout, ne pas les vexer, me recommandai-je en secret. René prit l'autre verre et, sous le regard complice et approbateur de sa mère, me le tendit pour trinquer. Ce rite de bienvenue aussitôt accompli, il vida son verre d'un trait avec un plaisir manifeste proclamé par un soupir d'aise. Il tapa ensuite sur la table en signe de victoire, essuya de sa main gauche le coin des lèvres et chercha à se resservir, mais le regard perçant que lui jeta sa mère l'en dissuada. Mon tour était venu. On m'observait…

Je devais imiter le maître des lieux, un champion de la dégustation, qui me lançait le défi. Je me prêtai au jeu, levai mon verre et le portait lentement à ma bouche où je déversai une coulée de lave qui me brûla jusqu'à l'œsophage. Je sentis des larmes couler sur mes joues. De la piquette, de la piquette de la pire espèce ! Je reposai mon verre. La maman et le fiston éclatèrent de rire à l'unisson. Un goût de vinaigre me submergea. Ce qui me déclencha une quinte de toux. Je ne trouvai le salut qu'après une grande inspiration.

Victorieux par K.O. technique, René confirma sa victoire en faisant un sort à un autre verre. Puis il éclata de rire :

— Monsieur le gendarme ne doit pas tenir le litre. Faut être d'ici pour savourer le vin, dit-il à sa mère, fière de son champion de fils.

En d'autres lieux, moi qui n'apprécie pas trop la plaisanterie au premier degré, je lui aurais, sans aucun doute, tiré avec rage les oreilles, lui disant : « Calme-toi, ivrogne », propos de circonstances, bien évidemment.

Au terme de ce pittoresque intermède, René, tout fiérot, se déclara prêt à évoquer le triste fait divers qu'il considérait comme une grande page de l'histoire de Mirepeisset. Tout d'abord, il confirma les déclarations qu'il avait faites aux gendarmes. Il connaissait bien les protagonistes de la tragédie et me fit de chacun un portrait très personnel. Sa mère ne le quittait pas du regard. Tenant à deux mains la bouteille de son nectar, elle piaffait d'impatience, désireuse de se mêler à la conversation. Remplissant de nouveau le verre de René, elle focalisa un instant l'attention, ce dont elle profita pour enfin prendre la parole. Se lançant dans un monologue confus, mélange de bribes de vérité et de fantasmes dont elle confirmait le bien-fondé en prenant son fils à témoin, certaines de ses affirmations me firent sourire, ce dont elle s'aperçut et s'offusqua. Elle prit René à témoin :

— Vé, mais c'est qu'il ne me croit pas, le gendarme !

— Mais si, mais si, madame, répondis-je.

Je fis de mon mieux pour rattraper mon erreur, et tandis que je balbutiais quelques paroles apaisantes, René, dont le regard devenait un peu vague, vida son verre et le remplit aussitôt, s'acheminant ainsi vers une beuverie dont, en aucune façon, je ne voulais être responsable. Pour le détourner du naufrage imminent, je tentai de retenir son attention, opposant un visage calme au désordre de plus en plus apparent de son comportement. J'avais l'impression d'assister à une scène digne de Pagnol dont les personnages verbeux, emphatiques, au langage coloré, joignent le geste à la parole pour se lancer dans de véhémentes récriminations.

Dieu sait que j'en avais connu des scènes semblables, au cours desquelles des braves gens se défoulent de leur humble anonymat en disant enfin, avec leur fruste vocabulaire, leur vision d'un monde qui le plus souvent les ignore !

Toutefois, ce que je retirais de cet échange structurait parfaitement les données de l'enquête : José Salvador et Lucien Duval étaient deux amis d'enfance qui avaient fait ensemble les quatre cents coups de la jeunesse. Tous deux, « travailleurs de la terre » se consacraient à la vigne. José exploitait la petite propriété qu'il tenait de son père, et Lucien, au service d'un patron, habitait seul dans une modeste maison non loin de la mairie, à quelques mètres de celle de José. La famille Salvador, sans être fortunée, connaissait une certaine aisance, grâce entre autres aux trois maisons du patrimoine familial louées dans le village. Sans grand risque d'erreur, on pouvait affirmer que José, fils unique, n'était pas dans la gêne. Selon la rumeur publique, son père Juan, qui avait certes vécu chichement, lui avait laissé un bas de laine bien rempli. José avait très peu connu sa mère, décédée d'une longue maladie alors qu'il avait cinq ans à peine. Son éducation s'était faite sous l'autorité de son père, dans le respect des traditions et des valeurs telles qu'on les observait dans les familles espagnoles : travail, probité, politesse. En bon père de famille, Juan Salvador n'avait jamais voulu refaire sa vie, préférant se consacrer à son fils. Il avait réussi.

La famille de Lucien Duval était tout autre. Lucien était l'aîné et le seul garçon d'une fratrie de trois enfants. Ses parents tenaient un commerce prospère de produits de nettoyage en région parisienne. À leur retraite, ils étaient revenus à Mirepeisset, s'installant dans la maison familiale, qu'ils avaient restaurée avec soin. Le commerce parisien échut à une de leur fille. L'autre, mariée à un fonctionnaire d'état de rang assez élevé, ne travaillait pas. Toutes deux habitaient Paris et revenaient passer leurs vacances d'été au village. Enfant, Lucien souffrait d'asthme et supportait mal la vie dans la capitale. Comme il était victime de bronchites répétées, ses parents se résolurent, sur les conseils de médecins, à le changer d'air et le confièrent ainsi à ses grands-parents, gens du cru, fiers des aïeux qui les avaient précédés dans le village. Favorablement connus de tous, ils choyèrent et éduquèrent Lucien, qui fréquenta l'école communale en compagnie de José. Tous deux passaient pour des bons élèves. À la disparition de ses grands-parents, Lucien, jugeant la maison trop grande, ou peut-être trop triste en raison des souvenirs qu'elle évoquait, déménagea pour s'installer dans une maison proche de celle des Salvador. Les deux garçons devinrent des amis inséparables, comme des frères très proches, ce qui fit jaser dans une communauté prompte à se régaler de comportements non conformes aux conventions. Lucien fut témoin au mariage de José avec la belle Léa. Mais c'est bien connu, la vie réserve des surprises et, comme les histoires d'amour, les amitiés parfois connaissent une triste fin.

Deux ans après les noces l'affection que se portaient les deux amis s'estompa. Dans le village où chacun pensait tout connaître sur le voisin, y compris ce qu'il ignorait lui-même sur son propre compte, cette brouille devint une énigme, un déconcertant défi à la rumeur publique, friande de certitudes et de boucs émissaires. Un large champ de conjectures s'ouvrait aux exégèses dont se repait la France profonde des commérages. Les habitants redoublèrent de vigilance à l'égard des anciens amis, épiant leurs allées et venues, leurs gestes et leurs relations. L'un et l'autre étaient des suspects potentiels et c'était à qui décèlerait dans un comportement des plus anodins matière à quelque savante interprétation. Mirepeisset était devenu le Clochemerle du délire cancanier. Au passage d'un des protagonistes de la mystérieuse brouille, les rideaux frémissaient. De petits groupes se formaient au hasard des rencontres, pour échanger des impressions qui, fatalement, donnaient lieu à des surenchères. Chacun y allait de son commentaire, enjolivant à qui mieux-mieux. Il fallut pourtant s'en tenir à une seule évidence : José et Lucien étaient fâchés. Et personne ne connaissait le fin mot de l'histoire…

Quelques mois plus tard le couple Salvador vola en éclats et Léa quitta le domicile conjugal. José repartit vivre chez son père et la vie reprit ses droits et ses habitudes.

Le récit que me firent les narrateurs me régale encore chaque fois qu'un épisode me revient en mémoire. Le verbe haut, les gestes amples en guise d'accents toniques, les vocalises, les regards perçants m'assénaient des vérités suspectes, teintées de mythomanie, mais sûrement pas de désir de nuire. Je me divertissais, certes, mais je restais sur ma faim, car c'étaient précisément les tenants et les aboutissants de la querelle des deux acteurs qui m'intéressaient au plus haut point. Au fond de moi, j'étais convaincu que Léa se trouvait au cœur de la brouille. Je tentai de sonder René à ce sujet. Peine perdue. Il faisait dévier la conversation vers Juan Salvador. Je compris pourquoi. En réalité, il connaissait les deux anciens amis bien moins qu'il voulait me le faire croire. Mais ma conviction était faite. Je le ménageais cependant, de peur de le braquer. Il me vanta les qualités humaines du vieux Salvador, honnête, travailleur, très attaché à son cheval, et me conta par le menu l'accident de charrette dont il avait été victime. Il semblait lui vouer une admiration sincère, proche de la piété filiale. Cet accident avait tenu Salvador paralysé pendant plusieurs mois. Il possédait un hongre qu'il utilisait à la fois pour la promenade et les travaux de la vigne, un cheval d'exception appelé Tornado, comme celui de Zorro. Une monture dont la sublime robe noire, l'intelligence, l'obéissance, la fidélité, faisaient la fierté de la famille Salvador. Le dimanche, Juan revêtait sa tenue de cavalier, quelque peu défraîchie, il est vrai, et allait se promener sur le chemin de halage, le long du canal du Midi, à l'ombre des platanes. Il s'abandonnait alors aux souvenirs des fêtes de Séville qu'il avait fréquentées au temps de sa jeunesse, se revoyait en *traje de corto*, costume traditionnel des cavaliers andalous, pantalon serré à la taille par une large ceinture, chemise blanche, veston cintré de couleur noire, bottes et sombrero

Cordobès, le célèbre chapeau andalou à larges bords.

Juan et sa monture offraient ainsi une image de l'Espagne profonde à laquelle ne manquait, bien sûr, que l'exaltante musique de la feria, dont quelques lointains accents résonnaient encore dans les souvenirs du vieil homme. Parfois, le long du Canal du Midi, il échangeait avec des mariniers, d'un lent revers de la main, un bonjour qui donnait l'illusion de la connivence des gens heureux. Patrons de péniches et plaisanciers croyaient voir en lui un notable qui effectuait une tournée de ses terres. Juan Salvador, en vrai hidalgo, ôtait son chapeau et d'un geste ample rendait le salut.

Malheureusement, l'accident mit un terme à ce nostalgique cérémonial. Le temps de sa convalescence, il dut confier Tornado à René qu'il savait proche des chevaux. Celui-ci prit l'habitude de soigner l'animal très tôt le matin, et le fit avec d'autant plus d'application qu'il pensait que la convalescence de Juan serait brève. Mais le diagnostic tomba comme un couperet : Juan, dont la jambe serait paralysée à vie, ne pourrait plus monter à cheval. Le pire des déchirements. Il tenait beaucoup à Tornado, que lui avait donné un tonnelier de Narbonne. Il l'avait dressé lui-même et parfois nourri au biberon quand il était malade. La séparation qui s'annonçait serait un crève-cœur. La nouvelle se propageant rapidement dans le village, Juan reçut, de la part des propriétaires des environs, des offres d'achat, qu'il refusa tout net. Il voulait, il exigeait l'assurance que Tornado serait bien soigné. Cette situation émut le maire et le conseil municipal qui firent, eux aussi, une offre, qui eut enfin l'heur d'être acceptée. Non seulement l'animal serait bien traité mais son ancien propriétaire pourrait venir le voir à sa guise. Juan refusa alors tout argent. Tornado n'était pas à vendre, mais à confier. De cette façon, il en resterait toujours un peu le propriétaire, ce qu'avait bien compris le premier magistrat de la commune. Tout naturellement René continua de s'occuper de Tornado, dont les tâches futures furent définies avec la coopération de Juan. Il devrait effectuer la tournée quotidienne du ramassage des ordures ménagères et, à l'occasion, tirer le corbillard. Ensuite, il rejoindrait la confortable écurie municipale. René évoqua avec émotion la façon dont, au cours des tournées matinales, Tornado s'arrêtait devant la maison de Juan Salvador. C'était tout un rituel : il donnait un coup de collier, s'ébrouait en poussant un hennissement plaintif, grattait le sol avec force et appelait ainsi son ancien maître qui apparaissait sur le seuil de sa porte. Juan s'approchait de Tornado, lui passait la main dans la crinière, lui chuchotait quelques mots à l'oreille, l'embrassait tendrement, lui donnait un sucre, puis rentrait chez lui. Pour René, ces marques d'affection réciproque étaient le présage d'une bonne journée.

René me révéla sa passion pour les chevaux en général et pour Tornado en particulier. Fort bien. Mais je devais le ramener sur le sujet qui m'intéressait au premier chef et qu'il avait plusieurs fois esquivé : Léa. Peu inspirée par Tornado, la mère avait quitté la pièce et j'en profitai pour poser les questions qui me tenaient à cœur. Cette fois, René s'épancha un peu : il trouvait Léa très jolie et entretenait avec elle des relations amicales. Elle lui parlait gentiment, ce dont il lui était reconnaissant, car il savait que son handicap n'attirait pas sur lui l'attention des dames. Flatté de l'affection que lui portait la jolie Léa, il se faisait même un devoir de la protéger, donc de l'observer, de presque la surveiller, au risque de connaître tous les tourments de la jalousie. Ainsi, à plusieurs reprises, il avait vu Léa et Lucien se promener sur le chemin de halage, en direction du Somail. Aux yeux des médisants, ces balades pouvaient faire jaser. Pourtant, René les jugea innocentes jusqu'au jour où il surprit le couple se tenant par la main, puis vit Lucien prendre Léa dans ses bras et l'embrasser. Cette manifestation de tendresse le blessa si douloureusement qu'il regretta d'avoir observé cette scène. Consterné, il s'était caché derrière un platane, ressassant à n'en plus finir les indices qui auraient dû l'alerter. Oui, il avait surpris Léa se rendre plusieurs fois chez Lucien pendant que son mari était à la vigne et n'en ressortir qu'en fin d'après-midi. Même qu'un jour, vers quatorze heures trente, alors qu'il désherbait un caniveau à proximité de la maison de Léa, il avait remarqué la présence de la voiture de Lucien Duval devant le domicile. Ce n'était pas la première fois. Peu après, il avait vu José Salvador arriver à pied. Ce qui lui parut curieux, José ne se déplaçant qu'en camionnette et ne quittant ses vignes que bien plus tard. Avait-il des soupçons sur la fidélité de sa femme ? René ne savait pas. Sa première réaction fut de prévenir Léa pour lui épargner une dispute aux conséquences dramatiques. Mais il n'en eut pas le temps. José arriva à sa hauteur. Ils échangèrent un rapide salut. Intrigué, José jeta un coup d'œil vers le véhicule de Lucien, se dirigea vers sa maison et ouvrit le portail. Un court instant après, René vit ressortir Lucien précipitamment tenant à la main des ciseaux de taille.

Soudain, René s'interrompit net. Des bruits de pas nous parvenaient de la pièce voisine. Avait-il peur ? Je lui demandai de poursuivre, mais à mon grand regret, il n'en fit rien, et je ne connus pas la suite que j'attendais avec impatience. La redoutable maman reparut.

— Vous a-t-il dit qu'il était amoureux de Léa ?

René rougit. Notre conversation avait été écoutée.

— Ce n'était que pour rigoler, continua-t-elle.

En mon for intérieur, j'en doutais. René, comme je le craignais, s'enferma dans le silence. Pourtant ses talents de conteur me sidéraient et me captivaient : ses mises en relief phonétiques, ses rires, ses regards, ses silences, son emphase faisaient de lui un orateur remarquable. J'en arrivais même à me demander s'il n'avait pas appris et répété la scène dont il venait de m'offrir le spectacle et qui reste gravée dans ma mémoire.

Comme il se faisait tard et soucieux de ne pas abuser d'une hospitalité féconde en renseignements, je décidai de prendre congé. René me raccompagna. Enfin seuls dans le long couloir qui menait à la sortie, je lui posai les brûlantes questions restées en suspens. Sur le pas de la porte, inquiet, il se retourna, tendit l'oreille pour s'assurer que sa mère n'écoutait pas, se détendit enfin et renoua le fil de ses confidences. La dernière fois qu'il avait vu Léa, c'était entre Noël et le Jour de l'An, il ne se souvenait pas de la date exacte. Elle sortait de chez Lucien. Il l'avait saluée, ils avaient échangé quelques mots à peine, car elle était sur le point de partir à Dax. Il la vit en effet filer au volant de sa voiture, une « Ami 6 », de couleur rouge, en compagnie d'une amie. C'était la dernière fois qu'il l'avait aperçue. Il me confirma ensuite que le 17 janvier 1970, il n'y avait jamais eu de coupure d'électricité car c'est lui qui est chargé de remettre l'horloge à l'heure, après tout incident. Adèle Brun se trompait donc. René se souvenait qu'en sortant de l'écurie, après quatre heures, il avait entrevu Lucien rentrant chez lui, hâtant le pas, tête baissée et contrairement à son habitude ne s'arrêtant pas pour lui parler.

— Je m'étais dit qu'il avait bu et qu'il était pressé de se coucher.

Il enchaîna ensuite sur la dispute qui avait opposé les deux hommes dans le café du village, querelle au cours de laquelle il avait clairement entendu le nom de Léa. Ils avaient même failli en venir aux mains, et l'auraient fait sans l'intervention de Léon, le patron du café. Des deux amis, José lui semblait le plus alcoolisé. S'étant éclipsé vers vingt-trois heures, il ignorait s'ils avaient quitté le café ensemble. À la fin de cette très enrichissante conversation, René m'invita à revenir le voir et me fit miroiter quelques verres d'un vin rouge de sa réserve. Par courtoisie, j'acceptai. Mais je n'ai jamais tenu ma promesse.

J'étais très satisfait de ce long échange avec René. En me rendant chez lui, je savais que j'allais frapper à la bonne porte et sans qu'il fût un de mes informateurs, j'attendais beaucoup d'un homme que sa fonction de garde champêtre destinait à tout savoir, ou presque, de la vie de son village. Il n'avait pas son pareil pour attirer la sympathie, il écoutait, commentait, conseillait, plaisantait, ne perdait rien de ce qu'il entendait et rapportait sans tarder au maire. Il rêvait d'être gendarme. Je ne sais s'il aurait été efficace dans l'uniforme militaire, mais je ne pouvais que me réjouir et le féliciter en secret des renseignements nombreux et cohérents qu'il venait de me communiquer. Puis, le temps passa et chacun retourna à ses occupations. Je l'avais presque oublié, mais pas lui. Quelques années plus tard, il me sollicita pour un banal problème d'impayé suite à l'achat d'une mobylette. Un huissier voulait la saisir. Par bonheur je connaissais cet officier public, et d'un simple coup de fil je réglai le litige au profit de René, qui me remercia chaleureusement. Ensuite, je perdis définitivement sa trace.

Ce que je venais d'apprendre grâce à lui revêtait une importance capitale pour la suite de l'enquête. La synthèse me paraissait simple. René, tout comme Alphonse Roques, confirmait la liaison extraconjugale de Lucien et de Léa, laquelle était à l'origine de la dispute entre les deux hommes au café Chez Léon. Pourquoi ? Sans doute, parce que José, pris de boisson, reprocha vertement à Lucien d'avoir courtisé sa femme. Par ailleurs le problème de la vraie-fausse coupure de courant se trouvait résolue. En effet, de méticuleuses vérifications prouvaient que ce jour-là, il n'y avait eu aucune panne. S'imposait donc qu'une main anonyme avait actionné l'interrupteur de la maison, ce qui donnait à penser que Lucien n'était pas seul. À ce stade de l'enquête, deux hypothèses s'offraient : ou bien José Salvador était encore en vie quand Lucien avait quitté les lieux, et le meurtre aurait donc été commis après son départ, ce qui innocentait Lucien, ou bien le meurtre avait eu lieu en présence de Lucien avec la complexité d'un tiers. Léa ?

Éternelle question : à qui profitait le crime ? Au décès de son père, José Salvador devait hériter de l'ensemble des biens immobiliers, terres comprises, ce qui représentait selon le notaire, sollicité dans le cadre d'une commission rogatoire, un patrimoine rondelet. Comme José et Léa étaient séparés mais non divorcés, et par ailleurs mariés sous le régime de la communauté des biens, c'est Léa qui devenait l'héritière au décès de son époux. Léa, attirée par l'appât du gain, aurait-elle commandité l'assassinat de son mari avec la complicité de son amant, Lucien ?

Enfin, un véritable mobile du crime. Dans l'un et l'autre cas, Lucien Duval détenait la clé du mystère… mais impossible de l'entendre, il était embastillé !

VISITE A LA MAISON D'ARRÊT

Soudain la curiosité m'inspira l'incoercible désir de faire la connaissance de Lucien Duval, d'associer un visage à son nom, de scruter ses traits, sans nul doute révélateurs de sa psychologie et, qui sait, de ses secrets et de la vérité. Il était incarcéré à Béziers. Je voulais donc l'approcher, courtoisement, et avec discrétion. En effet, déjà entendu par le juge Fleuriau et mis en accusation pour meurtre, il ne pouvait plus être auditionné par un officier de police judiciaire. Ainsi l'exigeait la procédure, imposée par le législateur, soucieux des droits des prévenus. Dans ce contexte, visiter le prisonnier devenait compliqué pour ne pas dire impossible. Je ne souhaitais pas ébruiter mon projet et encore moins en parler au juge d'instruction. Dévoiler ouvertement mon intention l'aurait mis dans l'embarras. Force me fut donc de ne pas l'informer, persuadé qu'il n'en saurait rien. Ce fut la seule entorse au règlement que je m'autorisai, sans fierté aucune, bien au contraire avec le sentiment désagréable de trahir un homme qui me faisait confiance.

Mais le succès d'une enquête, n'en déplaise aux donneurs de leçons, s'effectue parfois au prix de petites transgressions qui relèvent souvent de l'interdit. Réussies, on les salue de petits sourires de connivence, mais lorsqu'elles se soldent par un échec, elles fournissent à l'autorité compétente l'occasion de paraître vertueuse en appliquant de justes sanctions. C'est la loi du genre. J'ai pour habitude de dire que la police judiciaire existe avec des compromis et que sans ses indics, elle serait peu performante. L'enquêteur doit être sur le terrain à la recherche de l'information, au plus près des gens susceptibles de la détenir. C'est ce renseignement, cet indice qui brusquement permettra de solutionner une affaire en cours. Certes, fréquenter le milieu est peu recommandable et même proscrit par le code de déontologie. Mais, c'est le prix à « payer » pour réussir parfois à confondre un assassin. Tel était mon souhait et en rencontrant Lucien Duval dans « l'ombre », j'allais à la recherche d'indications que je jugeais utile à la manifestation de la vérité. Je savais aussi que ma méthode était déloyale envers le juge. Je faisais mal, mais un désir impérieux l'emportait sur les recommandations administratives.

Plus tard, une fois l'affaire classée, j'avouai mon écart de conduite au juge Fleuriau, lequel, à ma grande et désagréable surprise, réagit avec le fameux petit sourire de connivence de celui qui savait et approuvait mon initiative dès lors qu'elle n'avait pas nui à l'instruction du dossier. Il savait donc ! Mais comment diable ? Seules deux personnes étaient au courant de ma démarche : le gendarme Mari et le directeur de la maison d'arrêt de Béziers. D'emblée, j'éliminai Mari qui n'avait aucun intérêt à me tirer dans les pattes. Alors, le directeur de la prison ? Mes soupçons se portèrent sur lui. Me revenaient en mémoire sa gêne et ses réticences lorsque je lui avais présenté ma demande de visite. Il s'était crispé, avait plissé le front et déclaré fermement : « Non, non, tu n'as pas l'autorisation du juge, tu ne verras pas Duval ! ». Mais je ne renonce pas aisément. J'avais argumenté, déployé patience, courtoisie et persuasion. Mon interlocuteur, très préoccupé de poursuivre une carrière sans incident, s'était enfin laissé convaincre, mais pour se mettre à couvert, avait informé le juge d'instruction. Sur le plan de nos relations, il me rendait quand même service. Cela s'appelle ménager la chèvre et le chou. Je dus, à mon grand dam, prendre sur moi et tout bien pesé, une fois dissipé le froissement de mon ego, je me promis de ne pas lui tenir rigueur. Il avait à la fois accédé à ma sollicitation et protégé sa carrière, au prix modique d'une légère détérioration de nos relations professionnelles, jusque-là sans nuage. Cependant, il avait allègrement oublié qu'à sa demande j'étais très vite intervenu avec mon groupe de la Brigade de Recherches pour mater dans sa prison un début de mutinerie ourdie par un proxénète que nous avions embastillé. Aussi prompte qu'efficace, notre intervention s'était déroulée sans que sa hiérarchie en fût informée, l'exonérant d'une enquête administrative susceptible de mettre en évidence un dysfonctionnement dans la gestion du centre pénitencier, ce que demandaient certains avocats.

Ainsi en va-t-il des relations humaines. Pour éviter les déceptions, n'attendons des remerciements de personne, recommande la sagesse populaire. Quelques mois plus tard, celui que j'avais aidé fut promu « grâce à ses brillants états de service » directeur d'un grand centre pénitencier dans le nord du pays. Lors de son départ, il organisa comme le veut la tradition une grande réception, dont je déclinai l'invitation. Personne ne le regretta dans le Biterrois.

Le juge Fleuriau, quant à lui, ne vendit jamais la mèche. « À chacun ses secrets », disait-il en souriant. Je n'ai donc jamais connu la vérité sur ce point de mon enquête, que je reconnais bien volontiers, très anecdotique. Le juge me comprenait, m'approuvait. Cela devait suffire à mon bonheur.

Le 28 septembre 1970, fort de l'autorisation, certes accordée à contrecœur par le directeur de la prison, j'allai à la rencontre de Lucien Duval. L'austère, désuète mais imposante maison d'arrêt de Béziers, est située place des Albigeois, juste derrière la cathédrale Saint-Nazaire, qui domine la vallée de l'Orb. On la destine aux prévenus en attente de jugement, aux condamnés en instance d'affectation dans un centre plus important ou encore aux détenus pour des peines inférieures à un an. Les cellules de onze mètres carrés sont prévues pour quatre, mais du fait de la surpopulation carcérale elles en accueillent souvent le double. Les cellules individuelles reviennent aux détenus ayant plus ou moins défrayé la chronique judiciaire et à ceux que l'on appelle les « pointeurs », coupables de viol ou autres agressions à caractère sexuel. Selon les propres lois de la prison, une agression de ce type, commise notamment sur un enfant, voue son auteur à la haine de ses codétenus. Pour lui éviter les tabassages à répétition, on l'isole. Il peut ne pas descendre à la promenade. S'il le fait, il s'expose à la « chasse au violeur ». Quand aucune cellule individuelle n'est disponible, le violeur bénéficie d'un faux mandat de dépôt. Ce document, délivré par le juge d'instruction, donne l'ordre au directeur de la prison de recevoir et de maintenir la personne désignée en spécifiant les crimes et délits justifiant la détention et permet aux autres détenus de s'assurer que le « collègue » est bien emprisonné pour l'infraction qu'il déclare. « Montre-moi ton mandat de dépôt » est une des phrases les plus redoutées du monde carcéral.

La prison de Béziers a traversé l'histoire dans une relative discrétion. Elle a tout d'une prison provinciale des plus conventionnelles. Ce n'est qu'en 1939 qu'elle avait accédé à une certaine notoriété en accueillant l'effrayante guillotine. Les nommés René-Antoine Fournial et Elie-Hubert Véves, âgés de 29 ans, condamnés pour avoir tué dans un guet-apens un jeune homme de 25 ans, le docteur Marius Bonneton, furent les derniers à monter sur l'échafaud. Ces exécutions furent observées à la dérobée par le père du jeune docteur, à qui la justice avait refusé d'assister à l'exécution des assassins de son fils. Mais l'infortuné vieillard avait soudoyé pour quelques pièces le bedeau de la cathédrale et ainsi accédé à la tour surplombant la cour de la prison. À la chute du couperet, il aurait dit : « justice est faite ».

La guillotine accomplit pour la dernière fois son œuvre de mort le 1er décembre 1949. De nos jours, la prison est devenue un musée et se visite, en particulier à l'occasion des journées du patrimoine. Une nouvelle maison d'arrêt a été construite en périphérie de Béziers et parait conforme aux exigences de notre société.

Le bureau d'un surveillant, à l'abri des regards des autres détenus, servit de cadre à l'entretien avec Lucien Duval. Notre conversation dura deux bonnes heures. Je découvris un homme maigre, triste, de toute évidence épuisé par les conditions de la vie carcérale, vidé de sa vitalité d'homme jeune, fort, hâlé et sûr de lui. Il croupissait depuis neuf mois déjà dans ce monde cruel, glauque, sordide. Nous avons échangé des salutations de pure forme, puis je me suis présenté, et j'ai exposé les raisons de ma visite. Afin de ne pas raviver les mauvais souvenirs de son arrestation, j'étais en civil. Il en fut surpris. Voir un gendarme sans sa tenue lui parut suspect. C'était l'époque où l'action de la gendarmerie ne se concevait qu'en uniforme. Toute autre tenue, strictement prohibée, était passible de sévères sanctions. Sur ce point, la gendarmerie avait un temps de retard sur la police nationale. De nos jours, enfin, la tenue civile est autorisée dans les unités spécialisées. C'est mieux ainsi.

D'emblée, Lucien se proclama innocent du crime dont il était accusé. Je le sentais tendu, intrigué. Un gendarme en civil ! Qu'est-ce que cela signifiait ? Endurci par le contact avec les autres détenus, il connaissait ses droits. Aussi réclama-t-il la présence de son avocat. Rien d'anormal à cela. Je tentai de le rassurer en précisant que ma démarche n'avait rien d'officiel, que j'agissais de mon propre chef et que personne n'était au courant. Il ne parut pas convaincu. J'ajoutai que notre conversation ne serait pas transcrite, qu'il n'en subsisterait donc aucune trace. Mais Lucien, obstiné, refusa encore de me parler hors de la présence de son conseil et demanda à regagner sa cellule. Je courais donc à l'échec. Je tentai alors de ruser. Je me hasardai à lui dire, sur le ton de la demi-confidence, que j'avais des doutes sur sa culpabilité et que je m'efforçai de le sortir de prison, qu'il devait donc me faire confiance.

« Sortir de prison ». À ces mots, le malheureux se mit à pleurer et de nouveau, clama son innocence. Se prenant la tête entre les mains, comme pour venir à bout de ses sanglots, il me regarda droit dans les yeux pour m'asséner :

— La dernière fois que j'ai fait confiance à un gendarme, je me suis retrouvé en prison !

— Sans doute, concédai-je, mais moi, aujourd'hui, je suis le seul à pouvoir vous en sortir.

Lucien Duval baissa la tête et se mura quelques instants dans le silence. Sans doute cherchait-il à remonter le cours de sa vie, réfléchissant aux réponses appropriées et crédibles à mes futures questions. Il leva le visage et une lueur d'espoir traversa son regard. J'avais marqué un point. Notre entretien pouvait commencer. Mais il ne changea rien à son système de défense, déjà utilisé avec l'adjudant Laffont et le juge d'instruction Fleuriau. D'une part, il maintenait qu'il avait quitté seul le café Chez Léon et d'autre part qu'il n'était pas entré chez José Salvador dans la nuit du 16 au 17 janvier. C'était les gendarmes de Ginestas qui, dans la matinée du 17, lui avaient appris la mort de José. Telle était sa vérité. Éludant les questions que je posai, il enchaîna ensuite sur une évocation nostalgique de sa jeunesse, ce qui n'offrait aucun intérêt. Il tentait, non sans habileté, de me détourner de ce qui m'intéressait vraiment, son emploi du temps le jour du meurtre. Sa stratégie éventée, je le laissai faire. J'eus droit à son enfance malheureuse loin de ses sœurs et de ses parents aimants, les noëls à espérer la venue des siens, et l'amertume durable de ses déceptions. Ses grands-parents l'avaient élevé à la dure, ce dont il tirait fierté. José Salvador était son unique et véritable ami. Il le considérait comme un frère. Il me raconta force anecdotes pour moi dénuées d'importance. En fait, il cherchait à me convaincre qu'il n'avait aucune raison de tuer José. Il se tortillait, mal à l'aise, crispé, prêt à tout pour se sortir d'une situation délicate et périlleuse dont, à son grand regret, il ne maîtrisait rien. Son monologue achevé, il me regarda avec insistance, quémandant de ma part un petit signe de compassion. Mais à mon impassibilité, il comprit qu'il s'était donné du mal pour rien. Tout ce qu'il venait de me dire, je le savais déjà. Il ne m'avait rien apporté qui soit susceptible de l'aider, rien qui pût enrichir ou altérer un tant soit peu les procès-verbaux de ses précédentes auditions.

De propos délibéré, il avait omis certains éléments importants, tels sa relation amoureuse avec Léa, les témoins de son emploi du temps le jour du meurtre et bien des choses encore. Je ne comprenais pas pourquoi il s'accrochait à des positions absurdes. Il donnait de lui-même la parfaite image du menteur maladroit. Il devait pourtant se douter qu'un gendarme connaissait toutes les ruses de l'interrogatoire.

En signe d'impatience, je consultai ma montre et lui rappelai avec gravité que le temps qui m'était imparti pour le décider à me dire la vérité était presque écoulé et que je devais sans tarder recouper, confronter les informations recueillies à son encontre, à charge et à décharge. Je lui rappelai aussi ses déclarations faites aux gendarmes lors de son arrestation. Dans un premier temps, il avait affirmé, quitte à se rétracter plus tard, qu'à son départ du domicile de José, ce dernier était encore en vie. José l'avait même accompagné jusqu'à la porte. Cette affirmation prouvait qu'il était bien entré chez la victime ! Lucien releva aussitôt ce propos pour le nier, affirmant qu'il s'agissait là d'une pure invention, ce qu'il avait hautement affirmé au juge d'instruction. À l'entendre, l'adjudant Laffont avait tout inventé pour le confondre. J'objectais que Laffont n'avait aucun intérêt à lui faire porter le chapeau. Mais Lucien n'en démordait pas. On voyait en lui un coupable idéal ! Essayait-il de s'en tirer en brouillant les cartes ? Je lui parlais ensuite de Léa, la femme de son ami, dont il aurait été l'amant. Il haussa les épaules et démentit. J'insistai, fis état de plusieurs témoignages allant dans le sens de ce que j'avançais. Lucien se crispa, se tordit les mains, croisa les doigts en signe de rage mal contenue. Il m'écoutait, certes, mais me croyait-il ? Me soupçonnait-il de lui tendre un piège pour le faire avouer ? Je le sentis plus que jamais sur ses gardes.

Apparemment, il n'avait que faire de prétendus témoins de sa liaison avec Léa. Le sujet n'avait pas été abordé au cours de l'enquête et cela n'invalidait en rien ses précédentes déclarations. Il affirma hautement que personne ne pouvait être au courant d'une liaison qui n'avait jamais existé ! Il voulait m'en persuader, usant à son avantage du recours au pas vu pas pris. « Tout ça, c'est du vent », dit-il en ricanant. J'annonçai la fin de l'entretien. Pas de réaction. À son sourire, je compris qu'il se sentait soulagé. Les allusions à sa maîtresse l'avaient gêné. Car il niait l'évidence, sans se douter, semblait-il, que ses contradictions, ses mensonges, le désignaient de plus en plus comme le parfait coupable du meurtre de José. Son entêtement à cacher sa liaison avec Léa constituait une preuve de sa culpabilité.

Un doute me saisit : et si la liaison n'était pas le mobile du crime ? D'un signe de main, Lucien me signifia qu'il ne voulait plus me parler. Ses yeux luisaient de haine. Je vivais ce moment comme un affront, une défaite. Je m'étais donné bien du mal pour rien. Je me levai, mais sur le point d'appeler le surveillant, une idée sordide jaillit dans mon esprit, blessé, humilié par l'échec que je venais de subir : pourquoi ne pas jouer avec l'idée de la propre mort de Lucien au terme d'un procès le désignant comme coupable du meurtre ? Je décidai de tenter un sinistre coup de poker…

Je m'adressai à lui avec orgueil :

— Avant de vous quitter, je me dois de faire le point en ce qui concerne votre cas. Certes, vous n'avez pas fait d'aveux, mais existe à votre sujet tout un faisceau d'éléments, de preuves concordantes, de constatations, de témoignages, de contradictions de votre part qui permettront à l'avocat général de demander, lors de votre procès, ni plus ni moins, votre condamnation à mort. Oui, vous en êtes là ! Au bord de cet engrenage.

Par votre entêtement, la cour d'assises vous condamnera à être guillotiné. La machine est déjà sur place. Court sera le chemin qui vous mènera à elle, le chemin qu'aura frayé votre manque de coopération ! Mais enfin, vous rendez-vous compte ? De la torture morale qui va précéder, pendant des heures, l'instant fatal, du caractère irréversible de la décision de la cour, qui vous abandonnera à un bourreau, des sordides ultimes préparatifs, du coiffeur qui va échancrer votre chemise et tondre votre nuque pour faciliter la pénétration de la lame ? Vous maudirez, impuissant, la cour qui vous aura condamné, vous regretterez de ne pas vous être confié à moi, d'avoir traité avec mépris mes efforts pour vous aider. Je vais quitter ce lieu, et vous vous retrouverez seul, avec la perspective d'un réveil brutal au petit matin d'un jour que vous ne verrez pas s'achever par un de ces beaux couchers de soleil que nous aimons tant. Un surveillant bien chapitré accompagné d'un prêtre résigné viendra vous annoncer : *C'est l'heure*. La peur vous paralysera, vous n'aurez d'yeux que pour le prêtre soucieux d'accomplir son office sans défaillir. Peut-être ne pourrez-vous pas contenir vos pleurs, et qui sait, vos hurlements. Peut-être, cela s'est vu, faudra-t-il vous trainer tout au long du couloir. Puis une porte s'ouvrira sur la cour de la prison. Vous apercevrez alors la structure de la machine de mort, que l'on appelait le

« rasoir national » à l'époque de notre Révolution. À peine remarquerez-vous la présence de quelques personnes, que vous n'aurez pas le temps d'observer. À cet instant, il sera trop tard, rien, rien ne pourra interrompre le dernier acte d'une situation que vous aurez provoquée, votre propre mort.

Je faisais fort, mais je décidai encore d'enfoncer le clou :

— Remarquez bien que vous entrerez peut-être dans l'histoire, comme le dernier condamné exécuté en France. On parle en effet de l'abolition de la peine de mort dans notre pays. Ça se fera, vous savez comme moi qu'il y a une fin à tout, de la même façon qu'il y a un commencement à tout. Vous vous serez désigné tout seul comme l'ultime exemple d'une pratique qui, j'en suis convaincu, sera abandonnée dans la seconde partie du vingtième siècle. Les amateurs d'anecdotes historiques citeront votre nom pour briller dans les conversations entre amis. Mais vous, vous ne serez plus de ce monde pour entendre ce badinage.

Lucien, agité de tremblements, éclata en sanglots. J'avais honte. Je poursuivis :

— Tout acte, quel qu'il soit, a une origine. On ne tue pas pour le plaisir de tuer. Mais l'être humain, fragile, peut à l'improviste transgresser les règles qu'il a lui-même fixées pour assurer, tant bien que mal, la sécurité de la vie sociale. Réfléchissez, choisissez entre deux hypothèses relatives à la mort de José Salvador. Accident ou meurtre passionnel ?

Lucien poussa un hurlement qui fit aussitôt intervenir le surveillant de faction dans le couloir. Je le rassurai d'un sourire. Lucien avait-il réagi à l'évocation de la guillotine ?

— Calmez-vous, je vous en prie, un peu de courage, lui dis-je.

— Non, non et non ! Je n'y suis pour rien, je n'ai pas tué José ! Sortez-moi de là ! Je ne veux pas mourir ! Je vais vous expliquer….

Ouf ! J'avais réussi à le convaincre. Je réprimai un sourire de fierté, le remerciai pour sa décision et attendis qu'il s'exprimât enfin pour satisfaire ma curiosité d'enquêteur au sujet de la tragique soirée du 16 au 17 janvier 1970. Ce qu'il fit, à mon grand soulagement, au cours d'un monologue libérateur que je me gardai bien d'interrompre et que je me suis efforcé de rapporter fidèlement. D'abord, une laborieuse relation de la soirée tragique, ensuite et surtout, une évocation attendrie de souvenirs intimes teintée de nostalgie.

Le 16 janvier 1970, vers vingt et une heures, Lucien se rend au café Chez Léon. José Salvador est présent, accoudé au bar. Mais depuis des années, la solide amitié qui les liait s'est consumée. Les deux hommes ne se fréquentent plus, et s'ignorent. Cette brouille est connue de tout le village. Ce soir-là, comme d'habitude, ils s'évitent. Lucien s'assied à une table au fond de la salle, près des joueurs de belote. Il se trouve à l'opposé du comptoir et tourne le dos à José. Le choix de cette place relève de la stratégie. Ainsi, il peut observer le comportement de José qui, peu auparavant, lui a promis une raclée. Soucieux de ne pas être pris au dépourvu, il s'est placé face à un miroir qui lui permet de voir son ancien ami et tous les occupants du comptoir. Lucien, justement, décèle une menace dans le regard de José. Il se détourne légèrement, soucieux d'éviter toute provocation. Mais ce soir-là, le comportement de Salvador est chaotique. Il boit plus que de raison, gesticule, chante, se donne en spectacle. De toute évidence, il n'est pas dans son état normal, et ce que Lucien redoutait finit par arriver. Au comble de l'excitation, José l'interpelle et lui propose de trinquer. Lucien fait d'abord mine de ne pas avoir entendu car il sait qu'un rabibochage éventuel finirait pas déraper. Il ne veut pas d'histoire. Mais José le hèle de nouveau. Que faire ?

Redoutant que José ne se vexe d'un refus, il finit par accepter l'invitation. Mauvaise pioche. Car, aussitôt, José l'invective en lui reprochant sa liaison avec sa femme, Léa. C'est précisément ce que Lucien craignait le plus. Il se garde bien de relever l'allusion, mais José, ivre, revient à la charge. Le ton monte, la situation devient critique. Lucien nie l'adultère. Non, non et non, Léa n'est pas sa maîtresse mais seulement une amie. José ne l'entend pas ainsi, multiplie les moqueries de mauvais goût. Sous le déluge d'insultes, Lucien garde son calme mais reste ferme sur ce qu'il avance. Non et non, aucune relation extraconjugale n'existe entre Léa et lui. La discussion dégénère et une bagarre finit par éclater. José saisit alors Lucien par le col de sa chemise et tente de le frapper au visage. Ce dernier esquive le coup et d'une clé au bras le neutralise sans la moindre difficulté. Des paroles peu aimables fusent. Les consommateurs stupéfaits suspendent leurs conversations et leurs jeux. Jamais auparavant une altercation de la sorte n'avait troublé le paisible café du village. Léon n'est pas un novice en la matière et intervient rapidement. Il connaît la raison du litige entre les deux hommes et se sait observé. Sa réputation de gérant de débit de boissons soucieux de l'ordre public est en jeu. Il se dirige vers eux, maîtrise la situation par quelques gestes autoritaires, promet d'expulser les perturbateurs. Cette menace ramène immédiatement le calme. José cède, baisse la tête et rejoint sa place.

Mais bien sûr d'autres verres doivent sceller la paix retrouvée entre les protagonistes. Lucien fait mine de boire plus qu'il ne boit vraiment, mais José engloutit au point de perdre l'équilibre. Il est deux heures du matin. Léon annonce la fermeture, les piliers de bar doivent vider les lieux. Les néo-réconciliés s'en vont ensemble et, grand seigneur, Lucien se propose pour accompagner José chez lui. La rue est déserte et personne ne remarque Adèle Brun qui, depuis sa fenêtre, ne perd rien de la scène.

Tant bien que mal, avec l'aide de Lucien, José regagne ses pénates. On ne parle plus de Léa. La discorde semble oubliée et après plusieurs années de brouille la réconciliation doit se fêter. Quoi de mieux pour cela qu'un petit verre comme au bon vieux temps ? On prend place à la table de la cuisine où trône déjà un fond de canette de bière. José propose donc un verre, suivi d'un autre et d'un autre encore. La beuverie continue. On parle haut et un certain vacarme s'installe dans la pièce. José chante. Lucien lui demande de baisser la voix, car son père dort à l'étage et tout ce bruit pourrait le réveiller. Mais José ne se maîtrise plus ; l'alcool a accompli lentement son œuvre destructrice. Il se lève, titube, se dirige vers le buffet d'où il extrait une bouteille de whisky, qui lui échappe des mains et se brise sur le carrelage. Les débris s'éparpillent au point de rendre la marche hasardeuse. Il faut les rassembler.

Mais les gestes manquent de précision et de gros tessons lui entaillent les mains, qui saignent. Le sang se mêle au whisky, tache les vêtements et le sol. Lucien arrête une petite hémorragie avec son mouchoir. Ces blessures, on en convient, ne sont pas graves. José sort une autre bouteille. Cette fois-ci, c'est bien décidé un dernier verre, puis un autre et on arrête tout. Il se fait tard, la fatigue s'appesantit sur deux corps affaiblis par l'alcool. Au loin, les cloches sonnent quatre fois. Le moment est venu de se quitter. Lucien se dirige vers la porte, saisit la poignée et la macule de son sang. José l'accompagne jusqu'au seuil. Dans la rue, Lucien aperçoit René, l'employé municipal, qui sort de l'écurie pour commencer sa journée de travail. D'habitude Lucien échange quelques mots avec lui. Mais cette fois, il décide de ne pas s'arrêter, car René pourrait remarquer les taches de sang et s'en étonner. Affectant de l'ignorer, Lucien hâte le pas et rentre directement chez lui. Il n'a pas la force de se déshabiller et s'endort ainsi.

Il terminera en concluant que c'est au petit matin que les gendarmes lui ont appris la mort de José Salvador et qui à la vue des taches de sang sur sa chemise l'ont immédiatement suspecté du meurtre !

Les explications de Lucien concordaient avec les témoignages. Lucien admettait enfin qu'il était entré au domicile de José Salvador. Mais fidèle à ses premières déclarations, il maintenait qu'il ne l'avait pas tué. Pourquoi l'aurais-je fait ? répétait-il. Il restait persuadé que personne ne l'avait vu entrer chez José, et demeurait convaincu que le prétendu témoignage d'Adèle Brun n'était qu'une manœuvre de l'adjudant Laffont pour le piéger. Ensuite les événements s'étaient succédé très vite. Une fois arrêté, il s'était fourvoyé dans des mensonges, au point de ne plus pouvoir se rétracter. À la fin de son exposé, il esquissa un petit sourire, que j'interprétai comme un signe de soulagement. Mais il m'avait rendu méfiant et sa confession, bien qu'il la prétendît sincère, ne m'apportait aucun élément nouveau, ni sur son innocence ni sur l'identité de l'assassin. À ce stade de l'enquête, et bien qu'il s'en défendît, Lucien Duval était bel et bien le dernier à avoir vu la victime vivante. Je m'imposais donc la prudence, quand soudain, il se mit à parler de Léa !

« Je me souviens du jour où elle est entrée dans la salle de classe. « Levez-vous ! » avait ordonné mademoiselle Clothilde, notre institutrice. « Voici une nouvelle élève. Elle s'appelle Léa et son papa est le nouveau garde-canal ». Qu'elle était belle dans sa blouse à carreaux et coiffée d'un béret rouge ! Après un timide sourire, elle nous dit bonjour et alla s'asseoir à la table désignée par mademoiselle Clothilde, à côté de Mathilde. Je la dévorais des yeux. Je crois que j'en suis tout de suite tombé amoureux. Je me suis tourné vers José comme pour le consulter, le prendre à témoin, mais il la regardait, bouche bée, comme prêt à avaler une mouche. Léa venait de faire notre conquête. Dès la première récréation, nous avons fait plus ample connaissance et nous lui avons proposé de lui faire découvrir le village. Mathilde s'invita pour être des nôtres et c'est ainsi que nous sommes devenus un quatuor inséparable : Léa, Mathilde, José et moi.

Après l'école, on se retrouvait sur la place de la Fontaine et tantôt nous bavardions, tantôt nous partions nous promener. Le jeudi après-midi nous avons pris l'habitude d'aller au bord de l'eau, à l'ombre des platanes, pour pêcher. José et moi restions le plus souvent silencieux, attentifs aux moindres paroles de Léa, qui avait toujours quelque chose à raconter. Au fil des ans, nous avons changé de lieux de promenade et de jeux. Mathilde devint ma petite amie et Léa, celle de José. Des couples de jeunesse, souvent sans lendemain, s'étaient formés. Nous allions nous conter fleurette au bord du canal du Midi. Nous nous allongions sur l'herbe du talus, côte à côte et admirions le ciel et les péniches. Nous refaisions le monde et cultivions nos amourettes. Parfois nos mains impatientes s'égaraient sur les genoux de nos compagnes qui, d'un geste amusé et un tantinet pervers, les repoussaient. Le lieu, magique, nous inspirait. Léa, qui avait lu les livres de la bibliothèque paternelle, nous éclairait sur l'histoire du canal. Nous l'écoutions avec ravissement, pour sa voix, surtout. C'était une conteuse captivante. Son évocation nous transportait à l'époque de Pierre-Paul Riquet, donnait vie à son œuvre, faisait passer devant nous, sur le chemin de halage l'armée des manieurs de pioches, des pelleteurs, des pousseurs de brouette et des attelages de chevaux.

Par temps de pluie, nous trouvions refuge dans un cabanon abandonné, appelé la Porte Minervoise, que nous nous étions approprié, en l'absence de son propriétaire. Mathilde apportait parfois son tourne-disque à piles et nous flirtions, dansions, Léa avec José, Mathilde avec moi. Mais je ne pouvais détourner mon regard de Léa. Je sentais que ce que j'éprouvais pour elle n'était pas seulement de l'amitié. Quand il arrivait à José de donner un coup de main à son père à la vigne et que Mathilde partait à son cours de danse, je me retrouvais en compagnie de Léa au bord du Canal. Nous parlions, éclations de rire pour des riens. J'étais heureux, car j'avais Léa pour moi seul. Le Canal nous fournissait inlassablement un sujet de conversation badine. Parfois quand s'installait entre nous un moment de silence, nous nous amusions de l'escadre de canards qui fendaient l'eau sous nos yeux.

Sur le chemin du retour, nos mains se frôlaient, mais très vite Léa écartait la sienne. Cette réaction me rendait timide et mal à l'aise, je n'arrivais pas à avouer mes sentiments, redoutant d'être repoussé. J'étais très conscient de l'attachement que José éprouvait pour Léa. De toute évidence, une franche explication s'imposait, mais je la redoutais. Une amitié était en jeu. En outre, je ne voulais pas faire de peine à Mathilde. C'était une gentille fille. En réalité, j'étais épris des deux. Lâchement, je décidai de donner du temps au temps et de taire mes sentiments. Des années passèrent ainsi.

Pour mes dix-huit ans, mes parents m'offrirent un billet de train pour aller fêter mon anniversaire à Paris. L'idée de ce voyage me plaisait. Mais ma liaison avec Mathilde avait évolué. Ma petite amie devenait de plus en plus belle et je la savais très convoitée. La laisser seule me tourmentait. Étais-je jaloux ? Oui, je crois bien. Pourtant la pensée de ne pas revoir Léa pendant plusieurs jours me torturait en secret et c'est à ce moment que je pris conscience de la force de mes sentiments pour elle. La veille de mon départ, l'envie me prit d'une promenade au bord du Canal, du côté de la Porte Minervoise. Soudain, j'entendis quelqu'un courir derrière moi. Je me retournai. Léa ! M'avait-elle suivi ? Qu'elle était belle !

À peine m'eut-elle rejoint que la pluie se mit à tomber. C'est la main dans la main que nous sommes allés nous réfugier dans le cabanon. Là, je la pris dans mes bras comme pour la réchauffer, en une étreinte silencieuse que j'aurais voulue éternelle. Nos regards confirmaient notre bonheur partagé. Mes doigts effleuraient son visage d'ange, ses lèvres à peine entr'ouvertes appelaient les miennes en une invite confirmée par sa poitrine que je sentais presser la mienne. Je l'ai longuement embrassée puis, doucement, nous nous sommes étendus. Mais soudain, elle s'est relevée et c'est debout que nous avons redonné libre cours à nos ardeurs. Je me souviens que mes mains se sont égarées dans ses cheveux qui sentaient si bon, puis ont suivi la courbe de son dos, jusqu'au bas de ses reins. Hélas, à cet instant, elle a encore réagi en m'interdisant d'aller plus loin. Voyez-vous, cette petite savait se maîtriser. J'étais tellement épris, tellement amoureux, si avide d'être approuvé par celle que j'aimais que je n'insistai pas. Ma fougue l'avait alertée. Elle était sur ses gardes. Je m'en rendis compte et balbutiai quelques excuses. Elle eut un petit éclat de rire, tira sa jupe vers le bas et dit simplement : « Non, ça suffit, maintenant, il faut rentrer ». Bien sûr, je regrettais de ne pas être parvenu à mes fins, mais j'étais tout de même heureux. Elle ne pouvait pas s'être comportée de la sorte sans avoir des sentiments pour moi. Les instants de passion que nous venions de vivre dans le confinement de ce modeste cabanon en étaient la preuve.

La pluie avait cessé. Nous nous sommes séparés en silence. Je suis parti le premier. Nous ne voulions pas attirer l'attention. J'avais envie de crier au monde entier, d'annoncer à l'univers que Léa et moi nous nous aimions ! Mais José, pensai-je soudain ? Je me promis de lui parler dès mon retour de Paris. Il comprendrait sûrement.

Deux longues semaines s'écoulèrent. De retour de Paris et aussitôt descendu de l'autobus qui me ramenait de la gare de Narbonne, j'allai poser mon sac à la maison et me ruai ensuite chez Léon pour retrouver José et surtout Léa. À mon entrée, les habitués me saluèrent gentiment et, au fond de la salle, je distinguai d'abord José dans la pénombre. J'avançai en souriant et découvris alors une image d'horreur. Mon fidèle ami José et ma douce Léa tendrement enlacés ! Je sentis mon corps tout entier se figer de stupéfaction. Comment suis-je parvenu à donner le change ? J'ai balbutié l'excuse de l'indiscret malgré lui, prétexté la fatigue du voyage et tourné les talons. Sur le chemin de la maison, j'ai rencontré Mathilde qui me sauta au cou, m'annonça qu'elle avait reçu son affectation en région parisienne et qu'elle devait partir le lendemain. Je la savais éprise de moi, mais résolue à rejoindre la capitale dès son diplôme d'institutrice en poche. Je m'étais donc résigné à son départ. Mais à cet instant, seule me préoccupait l'infidélité de Léa. J'en étais anéanti. Mathilde ignorait ma peine et à son insu, fit de son mieux pour me consoler d'une frustration qu'elle ne soupçonnait pas. Ses grands yeux savamment maquillés me suppliaient de l'embrasser, ce que je fis avec une ardeur inspirée par la rage. Je l'emmenai d'abord sous le porche d'une ruelle sombre et donnai libre cours à ma fougue. Puis, dans un cadre plus discret, elle ne me refusa rien et me fit oublier Léa. Je ne savais pas que c'était la dernière fois que je l'enlaçais.

Le lendemain, elle quitta le village. Au début, nous avons correspondu deux fois par semaine, puis nos courriers s'espacèrent, enfin, cessèrent. Fin de notre aventure. À Paris elle a fait la connaissance de son futur mari. Ainsi s'est achevé avec Mathilde un amour de jeunesse dont j'ai toujours eu la nostalgie. Léa, bien malgré elle, en était la cause. C'est ainsi.

Peu après, José m'avoua avec candeur qu'il était amoureux de Léa, et qu'il avait l'intention de l'épouser dès son retour du service militaire, car il venait de recevoir sa lettre d'appel sous les drapeaux. Ironie du sort, il me demanda non seulement d'être témoin à son mariage mais de prendre soin de Léa en son absence : « Fais attention, que personne ne lui tourne autour », me demanda-t-il. Je répondis d'un hochement de tête. Une fois José partit pour l'Allemagne, je n'ai plus cherché à rencontrer Léa. En ce qui me concernait, on venait de me réformer à cause de mon asthme. J'étais alors titulaire du baccalauréat, mais je ne voulais pas poursuivre mes études. Il fallait donc que je trouve un emploi.

Grâce à une connaissance, mon grand-père m'obtint un poste chez un agent immobilier de Narbonne. Hélas, le costume-cravate ne me convenait pas et travailler en ville me déplaisait. Je me sentais rivé à Mirepeisset. Le métier de viticulteur m'attirait. Le comte Jean de Lafenal m'embaucha comme simple ouvrier agricole dans son prospère domaine, où j'appris l'amour de la terre et du travail bien fait. Là, je me suis épanoui, à l'abri de mes déboires sentimentaux. Je pense que mon patron m'appréciait. Je ne voyais plus Léa, mais je ne pouvais m'empêcher de rêver à elle. José ne revint en permission qu'une seule fois. Le temps passa. Des jours, des semaines, des mois. Je me jetai dans des aventures amoureuses sans lendemain, pour combler mon fossé d'amertume. Parfois je me lançai dans de longues promenades le long du Canal, comme autrefois. Je savais pertinemment que Léa, devait en faire autant. J'ai fait, croyez-moi, de mon mieux pour l'éviter. L'apercevoir de loin suffisait à mon bonheur, si j'ose dire. Mais à ce petit jeu nous devions fatalement nous rencontrer un jour, ce qui arriva en juillet, par un bel après-midi ensoleillé.

De nouveau, oui, de nouveau le long du Canal, sur le chemin de halage, au détour d'une courbe. Signe du destin ? Allez savoir. Léa s'arrêta gentiment, déclara regretter nos attitudes de gamins décidés à ne plus se parler. J'approuvai, bien sûr, et en secret je jubilais. Elle m'apprit que José avait contracté une grave maladie due à un virus dont elle avait oublié le nom. Très affaibli, il se trouvait en convalescence dans un hôpital de Baden-Baden. Placé en quarantaine, il ne pouvait prétendre à une permission. Je me déclarai très affecté par ces tristes nouvelles. Les jours suivants, je revis Léa au même endroit. Elle me fascinait. Nous avons renoué nos conversations sur les sujets d'autrefois qui nous faisaient rire et se prêtaient aux allusions et aux sous-entendus. Finalement, nous avons décidé de nous retrouver au bal du 14 juillet.

La journée de la fête nationale a été caniculaire. Tous les volets étaient clos pour conserver un tant soit peu de fraîcheur entre les murs. L'eau de la rivière attirait les baigneurs. La sieste s'imposait à tous les âges. Mais en fin d'après-midi, vers dix-huit heures, les premières notes d'accordéon commencèrent à rassembler les Mirepeissetois dans le parc dévolu au bal traditionnel. Pour ma part, j'écoutais la musique, installé avec des amis à la terrasse du café, devant un verre de pastis bien frais. Quelqu'un a proposé de se rendre au bal. Toute la tablée s'est levée, moi y compris. Je me rappelle qu'il y avait beaucoup de monde. Sur la piste les danseurs exécutaient une valse. À quelque distance, j'ai aperçu Léa. Elle était seule et paraissait triste. Je la rejoignis, la saluai, tentai d'amorcer une conversation, mais la musique, trop forte, nous en empêchait. Sans nous consulter, d'instinct, pourrait-on dire, nous avons rejoint notre lieu de prédilection, le canal du Midi.

Notre marche nous a conduits près du cabanon de la Porte Minervoise. Nous nous sommes assis sous un chêne centenaire, bien à l'ombre. La musique du bal nous parvenait de très loin. Je m'abandonnai à une bienfaisante impression de bien-être. J'ai pris la main de Léa et nous sommes entrés dans le cabanon. Une légère brise nous apportait la douce voix de la chanteuse de l'orchestre. Elle interprétait des rengaines en vogue à cette époque, *La Mer*, *Nathalie*, *Le Ciel*, *Le Soleil et la Mer*. Ces mélodies étourdissaient nos esprits happés par un autre monde, le nôtre. Curieux, l'effet que peut avoir la musique sur deux amoureux unis. Léa s'allongea, étira les bras, ferma les yeux et soupira. À quoi pouvait-elle penser ? Je ne sais pas et je me suis bien gardé de le lui demander ! Elle était légèrement vêtue et je pouvais distinguer ses formes, le galbe de ses seins mis en valeur par un soutien-gorge d'une pointure en dessous. La tentation était trop forte. Toutes mes résolutions s'envolèrent. Doucement, pour ne pas l'effaroucher, j'approchais mes lèvres des siennes et l'embrassai. Elle n'a pas manifesté la moindre réticence. Au terme de longues étreintes, je me hasardai à d'autres caresses, elles aussi bien accueillies, et tout naturellement, Léa s'abandonna. La nuit tombée, elle décida qu'il était temps de partir, boutonna son chemisier, défroissa sa jupe et se passa la main dans les cheveux : « J'ai perdu la tête, me dit-elle. José ne doit rien savoir. Il est très amoureux de moi, tu sais, et moi aussi. Ce sera notre secret. Bien entendu, nous ne devons plus nous revoir ! ». Elle s'en alla sans attendre de réponse, m'abandonnant au triste et amer constat de ma trahison. L'été passa rapidement et José fut libéré de ses obligations patriotiques au cours du mois de septembre.

Au retour de son service militaire, il épousa Léa. Comme convenu, je servis de témoin. La noce me fut une dure épreuve, tant il m'était difficile d'imaginer Léa dans les bras de son mari, pourtant un ami d'enfance.

Le temps a passé. J'ai pris mon parti. Le jeune couple m'invitait souvent à des soirées. Léa et moi n'avons rien laissé paraître de nos sentiments et José ne se douta de rien. Mais notre fréquentation me gênait. Je me sentais à la merci d'un regard, d'un sourire. J'en étais arrivé à inventer des excuses pour différer ces invitations. Mais José insistait. Il m'arrivait de chercher un bon prétexte pour rompre avec eux, et ce, pour protéger Léa. C'est elle qui m'en dissuada, car son mari, disait-elle, n'aurait pas compris mon attitude. J'ai envisagé le petit stratagème consistant à ne les rencontrer qu'en public, de préférence au café, mais je n'ai pas toujours réussi.

De temps en temps José me demandai de passer le voir chez lui. Le plus souvent, c'était Léa qui, intentionnellement ou non, ouvrait la porte. Notre séparation sentimentale dura deux longues années au cours desquelles je cultivais l'amitié de José. Mais quand Léa m'ouvrait la porte, nos regards en disaient long sur notre plaisir de se voir et parfois, nos mains se touchaient, comme autrefois. Mon cœur battait plus fort et la flamme de ma passion brûlait de plus belle, un court instant. C'est encore sur le chemin de halage au bord du canal du Midi que nous nous sommes revus une nouvelle fois, par une belle journée d'automne. Le hasard n'y était pour rien. Notre aventure reprit de plus belle. Nous l'avons vécue intensément, mais aussi, nous en étions conscients, dangereusement. Dans un petit village, tout finit par se savoir et nous vivions notre idylle dans l'insouciance de notre jeunesse.

Nous avons en effet accumulé les erreurs communes aux amants novices et trahi une relation qui se voulait discrète. Nous pensions agir dans l'ombre alors que nous étions observés. Nous faisions fi des précautions élémentaires de nature à protéger notre liaison illégitime. Parfois, emportés par la passion, nous prenions des risques insensés, en nous retrouvant chez Léa. Nos ébats se déroulaient dans la cuisine ou le garage. Ces pièces nous permettaient de garder un œil sur l'entrée principale, afin de parer facilement à l'imprévu… du moins le croyions-nous.

Un jour, comme à l'accoutumé José était à la vigne, je rendis visite à Léa en début d'après-midi, toujours à la même heure, quatorze heures. Nous étions dans la cuisine, tendrement enlacés, quand le grincement du portillon nous fit sursauter. José revenait à l'improviste. Prise de panique, Léa rabaissa sa jupe et partit se réfugier dans le garage pour achever de boutonner son chemisier. À peine avais-je eu le temps de rectifier ma tenue que José arriva. Dans la précipitation Léa avait oublié un sous-vêtement que, discrètement, je poussai du pied sous un buffet. Par bonheur, José regardait ailleurs. Mais il fut surpris de me trouver chez lui et m'en demanda la raison. Confus, j'ai prétendu être venu pour emprunter un ciseau de taille, le mien s'étant cassé. José me regarda droit dans les yeux, esquissa un froncement de sourcils et parut se satisfaire de ma réponse. Léa, qui avait tout entendu depuis le garage, nous rejoignit en brandissant à mon intention un ciseau de taille. Je remerciai, pris l'outil et décampai. Mais je connaissais la psychologie de José. Son retour impromptu de la vigne n'était pas dû au hasard. Il avait des soupçons, ce que me confirma Léa quelques jours plus tard. Après mon départ, il n'avait fait aucune remarque particulière sur ma visite. Apeurés, Léa et moi avons décidé de mettre un terme à notre liaison. José en savait peut-être plus qu'il ne laissait paraître. Mais sans preuve, il avait opté pour le silence. Et les mois passèrent sans qu'il donne un signe de jalousie.

Nos petites réunions entre copains reprirent de plus belle. José plaisantait comme toujours et je pensais qu'il en avait fini avec ses soupçons. J'en arrivais même à regretter d'avoir rompu avec Léa. Mais un jour, chez lui, après une soirée très arrosée et en l'absence de Léa, il me fit part de ses doutes sur la fidélité de sa femme et me mit en cause. Je niai haut et fort, accusant l'alcool de lui faire dire des âneries, déclarai que je ne pouvais accepter de tels propos et partis en claquant la porte. José chercha par la suite à renouer nos relations, mais je restai ferme sur ma décision, qui présentait au moins l'avantage de clarifier une situation presque intenable.

Quelques mois plus tard, j'appris par la rumeur publique que le couple s'était séparé. Léa m'avait discrètement prévenu de son départ pour son département d'origine, les Landes, confié que la vie avec José était devenue impossible et m'a même proposé de partir avec elle. Je n'eus pas le courage de la suivre. Je n'étais pas préparé à une telle décision, et j'étais trop attaché à mon terroir. Léa parut affectée et quitta le village.

Elle a reparu l'an dernier au mois de juillet, juste avant la fête nationale. Elle est passée chez moi pour me dire bonjour. J'ai été heureux de la revoir bien que notre rencontre fût brève. Je l'ai trouvée épanouie grâce à la stabilité, disait-elle, que lui offrait son travail à Dax. Elle était venue accompagnée d'une amie qui patientait dans la voiture. Nous nous sommes quittés bons amis, mais en ce qui me concerne, avec un pincement au cœur. Je l'ai entrevue à nouveau lors des dernières fêtes de fin d'année. Léa se trouvait dans son véhicule avec ses parents et quittait le village. Elle m'a juste fait un signe de la main. Vous me dites qu'on l'a aperçue dans le village la veille du meurtre de José. Je ne le crois pas. On aurait remarqué sa voiture sur la place de la mairie ou dans les environs. Personnellement je n'ai rien vu. Voilà tout ce que je peux vous dire sur ma relation avec Léa et toute l'affaire. Je n'ai pas tué José. Je vous demande de me croire. »

C'est sur ces mots que Lucien Duval conclut ses confidences. Tout ce qu'il venait de dire portait l'accent de la sincérité. Cependant, par habitude, je restais prudent. Disait-il la vérité ? Voulait-il protéger quelqu'un ? Essayait-il de se forger un alibi ? Et si… et si… et si… ? Ce dont j'étais sûr, c'est que l'enquête sur le meurtre de José Salvador progressait. Mais, je n'étais sans doute pas au bout de mes surprises ! Sur le point de nous séparer, Lucien se mit à pleurer. Il m'implora de le sortir de prison. Hélas, cette prise de décision ne relevait pas de ma compétence. Je lui conseillai de solliciter une audience auprès du juge Louis Fleuriau et de lui exposer tout ce qu'il venait de m'expliquer. Enfin, il sollicita une dernière faveur : être seul en cellule. Ce vœu fut exaucé.

Je quittai la prison sous une pluie battante. Fort de ce que je venais d'entendre, je brûlais de rencontrer Léa et de connaître son point de vue. Un tas de questions me minaient l'esprit. Confirmerait-elle la version de son amant ? Le meurtre de José Salvador connaîtra-t-il son dénouement dans les Landes ? Décidément ce voyage à la maison d'arrêt de Béziers se révélait des plus bénéfiques.

Une visite de courtoisie au juge d'instruction s'imposait. Je lui fis part de mon intention de me déplacer à Dax. Il m'y encouragea. Bien entendu, je ne lui dis mot sur ma conversation avec Lucien Duval à la maison d'arrêt de Béziers.

LÉA

Au petit matin du 5 octobre 1970, je quittai, en compagnie du gendarme Mari, les côtes de la Méditerranée pour celles de l'Atlantique, que nous approchâmes vers midi. Nos collègues de la gendarmerie de Dax, informés de notre arrivée, nous accueillirent avec tous les honneurs dus à notre rang et aux règles de la bienséance. Comportement conforme aux relations qu'entretiennent les gendarmes, assez complexes, il est vrai, subtil dosage de respect de la hiérarchie et du souci d'afficher la camaraderie un peu rude des hommes soucieux de bien faire et endurcis au contact des pires réalités de la vie sociale.

Une fois accompli le rituel des préliminaires, le Commandant de la brigade m'informa qu'il avait convoqué, pour dix-huit heures trente, madame Léa Mondrecourt, veuve Salvador. « Tu verras, me dit-il sur un ton enjoué, c'est une belle plante ». Je n'en doutais pas. Il ajouta avoir accompli les vérifications que je lui avais demandées. Depuis quelques années, elle est femme de ménage dans un établissement thermal. Une personne sans histoire. Pas d'antécédent judiciaire, ni de compagnon connu. Elle habite un petit appartement non loin d'ici, du côté des Arènes. Elle possède une voiture Citroën de type Ami 6, de couleur rouge, immatriculée dans les Landes. Ce dernier détail éveillait ma curiosité, car il corroborait les témoignages de René, l'employé communal et celui d'Alphonse Roques. René avait vu Léa au volant d'une automobile de ce type en décembre 1969. Alphonse Roques, quant à lui, affirmait avoir aperçu le véhicule dans le village, la veille du meurtre de José Salvador, ce qui revêtait une importance capitale. Un signalement intéressant qui me paraissait pourtant peu fiable. Le rouge vif de la carrosserie aurait dû parler à son sens de l'observation. Or, il n'avait aucun souvenir de cette couleur qui aurait dû le marquer. « Non, je ne m'en souviens pas », répétait-il. Il avait pourtant bien retenu les derniers chiffres de la plaque minéralogique, le 40 du département des Landes. Ce numéro, bien distinctif, ne lui avait pas échappé.

Cette voiture, stationnée devant son domicile, devenait une énigme. À qui pouvait-elle appartenir ? Celle de Léa ? Une réponse à cette question exigeait tout un faisceau de vérifications, dont j'avais chargé les gendarmes de Ginestas. À mon niveau, je me promis d'éclaircir le mystère avec la principale concernée, lors de son audition. Sa présence dans le village de Mirepeisset la veille du meurtre de son mari, ferait d'elle une suspecte. Les propos d'Alphonse Roques allaient dans ce sens. Je devais mettre un terme à cette incertitude, et ainsi « fermer une porte », selon une expression du jargon judiciaire. On ouvre une porte quand une piste se présente, on la referme quand on est parvenu à une réponse définitive. Cette méthode de travail présente l'avantage, au moins théorique, d'éviter l'oubli d'éléments importants. Tous les services de police judiciaire l'utilisent.

Mari s'étonna de l'heure tardive prévue pour l'audition de Léa.

— Mon cher ami, lui dis-je, la théorie de l'école c'est une chose, et la pratique du terrain en est une autre.

Il en resta pantois... Décidément, c'était un novice dans le domaine de la police judiciaire. Il allait découvrir une des petites ficelles du métier du « parfait » enquêteur, tout à fait ignorée des cours dispensés à la prestigieuse École de Gendarmerie de Châtellerault. Sans qu'il eût le temps de réagir, je lui expliquai quelques ruses :

— J'ai délibérément fixé l'audition à dix-huit heures

trente. Ce n'est l'effet ni du hasard ni d'une convenance personnelle. Vois-tu, le créneau horaire de dix-huit à vingt heures est rituellement voué au repli familial, aux habitudes rassurantes et aux loisirs. C'est en quelque sorte le début d'une autre journée après la journée de travail. Une convocation à cette heure, pour être entendue sur une affaire de meurtre, dans un bureau d'une gendarmerie presque désertée, va paraître de très, très, mauvais augure. Dans le silence du soir, seules résonnent la voix du gendarme et le cliquetis des doigts sur le clavier de la machine à écrire, qui confère aux paroles l'autorité reconnue de l'écrit. Même les caractères les mieux trempés subissent l'emprise de cette atmosphère, voulue sinistre. Et la mise en scène ne s'arrête pas là. Si la personne interrogée se montre récalcitrante, un petit passage en cellule peut l'inciter à la coopération. Une cellule austère, sinistre, sans fenêtre, de quatre mètres carrés, arrache le détenu au monde réel, isole, supprime les repères. Il n'est plus maître de son destin. Les murs, le lit sont en béton et les sanitaires « à la turque ». Pour tout confort, deux couvertures, l'une à usage d'oreiller, l'autre pour se couvrir. Une seule ouverture, une porte blindée, en fer, munie de trois énormes serrures équipées de clés assorties. Dès que la porte se ferme, l'angoisse s'installe. Il est impossible de s'en échapper. Toute personne normalement constituée craque au bout de quelques heures. Voilà le scénario que je réserve à Léa, si besoin est ».

Mari acquiesça d'un sourire. La pierre brute se laissait polir en douceur. Je peux affirmer aujourd'hui qu'il retint la leçon. Mari rêvait d'intégrer une Brigade de Recherches. Il devait connaître toutes les astuces et les rouages du métier, différents du quotidien de ce qu'il peut pratiquer à la Brigade territoriale de Ginestas.

En attendant l'heure de l'épreuve préparée pour la jeune veuve, nous avons décidé de nous offrir une visite de la ville de Dax, dont les monuments, témoins d'une longue histoire, nous réservèrent d'agréables surprises. Cité de taille moyenne, traversée par l'Adour, elle doit son renom aux boues sulfatées ferrugineuses très efficaces contre les rhumatismes. Elle tire principalement ses ressources de la fréquentation des curistes. À l'époque de l'empereur Auguste, les Romains l'appelèrent *Aquae Tarbellicae*, « Eaux de Tarbelles », et créèrent une cité près d'une source d'eau chaude, la Néhe, à la rare température de plus de soixante degrés, réputée pour ses vertus et très appréciée. De nos jours et depuis Louis XVIII, la place à la source miraculeuse s'appelle prosaïquement Place de la Fontaine Chaude. Jusqu'à la Révolution, Dax s'orthographiait *Acqs*, dénomination proche de l'origine latine et du sens étymologique, *Aquae*. Au cours de nos déambulations dans les rues de la ville, du côté de la magnifique cathédrale, nous sommes tombés par hasard sur la statue d'un légionnaire romain et de son chien. L'inscription, que je cite de mémoire, nous a amusés :

« Un légionnaire romain possédait un chien auquel il était très attaché. Mais la bête, vieillissante, était percluse de rhumatismes. Lorsque le maître rejoignit l'armée, il dut se séparer de l'animal, et mû par un sentiment de pitié, résolut de mettre un terme à ses souffrances en le jetant dans l'Adour pour le noyer. Mais au retour de campagne, quelle ne fut pas sa surprise de retrouver son chien vivant et en pleine santé. En fait il avait dérivé jusqu'à des poches de boue, qui l'avaient gratifié d'une seconde jeunesse. »

Ce serait ainsi que les Romains auraient découvert les vertus des boues de l'Adour et des eaux de la source de la déesse Néhe. Quelle est la part de la légende dans tout cela ? Allez savoir.

Je ne résistai pas au plaisir de décocher au gendarme Mari un trait d'érudition, en lui apprenant que d'édifiantes histoires de cette sorte existent en d'autres lieux, par exemple dans l'Orne, près de Bagnoles, dans la commune de Juvigny-Sous-Andaine. Là, il y a bien longtemps, un vieux soldat si décrépit qu'aucune dame ne voulait de lui, possédait un cheval, lui aussi usé par les ans mais qui, un jour, revint miraculeusement rajeuni d'une promenade en forêt. Le vieux soldat le suivit jusqu'à une source où la bête s'abreuvait voluptueusement, prit modèle sur sa monture, but, se baigna et retrouva force, vigueur et beauté au point de conclure bientôt un mariage heureux avec une jeunesse du pays. Une tour, dite de Bon Vouloir, signale de très loin l'emplacement de cette source, une tour mince, élancée, coiffée d'une petit toit rond, lisse et ourlé, parfait symbole de la virilité épanouie, heureuse et triomphante.

Je me sentais en verve à l'approche de la confrontation que j'imaginais prometteuse. J'eus même une pensée amusée pour l'adjudant Laffont, le para nostalgique qui ressassait tous les poncifs de son corps d'élite. Parce que Dax était aussi à l'époque la base de l'A.L.A.T, l'Aviation Légère de l'Armée de Terre. Unité technique, le parachutiste Laffont lui vouait le mépris absolu des frustes pour les intellectuels et traitait tous ses membres de « gonfleurs d'hélices ». Décidément notre promenade prenait des airs de repos avant l'épreuve décisive. La cathédrale de Dax sut même m'envoyer un message d'encouragement car sa façade austère cache d'inestimables trésors. Fais l'effort d'aller au-delà des apparences, me dit-elle et tu trouveras la récompense de la vérité, un peu à la façon de Paul

Valéry et de son incitation à la découverte, qui orne le Palais de Chaillot :

Il dépend de celui qui passe
Que je sois tombe ou trésor
Que je parle ou me taise
Ceci ne tient qu'à toi
Ami, n'entre pas sans désir

L'après-midi passa rapidement à visiter les ruelles du vieux Dax. Ses trésors, ses vestiges venus d'une autre époque, laissés par l'histoire et la main de l'homme, m'enthousiasmèrent. Le tintement des cloches toutes proches me rappela aussi qu'il était temps de regagner la gendarmerie et de prendre possession du bureau mis à ma disposition au deuxième étage. Une fois à pied d'œuvre, je refis le point sur l'affaire à l'intention de Mari pour le motiver et le ramener dans le contexte. Il pensait être là en simple accompagnateur. Je le chargeai de vérifier l'emploi du temps de Léa au cours du mois de janvier 1970 et de procéder à toutes les auditions qu'il jugerait utiles. Ces vérifications ne requéraient pas une technicité particulière, mais de l'initiative, de l'audace et de l'application. Je testais en réalité Mari sur ces capacités à mener en solo des investigations, aussi simples soient elles. Tout fiérot de se voir investi de tout un pan de l'enquête, il se saisit avec autorité de la machine à écrire Japy, tapota le clavier un instant puis quitta le bureau en sifflotant, accompagné d'un gendarme local. Du coin de l'œil, je l'observai s'éloigner. Il avait fière allure. Plusieurs fois, il tira le bas de la veste de son uniforme, en un souci d'élégance conforme à l'image de l'ardent futur officier de police judiciaire qu'il souhaitait devenir, de préférence au sein d'une Brigade de Recherches. Je souris d'aise devant des signes aussi prometteurs. Quelques minutes s'écoulèrent encore. Je me tenais debout, face à la fenêtre, à observer les arènes. Le blanc étincelant de leur architecture extérieure rappelait le style andalou de la Plaza de Toros de la Maestranza de Séville. Pendant quelques instants mon esprit baigna en pleine féria. Était-ce les fêtes, ou l'Espagne en moi qui refaisaient surface ? Aux images somptueuses de mes souvenirs s'ajoutèrent les échos de l'incandescente musique des bandas, des vivats de la foule, et des Olé. Mon cœur baignait au plus profond de l'Espagne. Deux coups frappés à la porte interrompirent ma rêverie. « Entrez ! » dis-je en me retournant. La porte s'ouvrit et un gendarme m'annonça la présence de madame Salvador. Elle apparut, visiblement intimidée par mon uniforme noir. J'avais devant moi la fameuse Léa.

Tout d’abord, je reçus d’elle plus qu’une image : une impression de beauté et d’assurance mêlée. Ses cheveux blonds, tirés en arrière vers un irréprochable chignon, ne dissimulaient rien de son front large et de ses oreilles à peine ourlées de cheveux follets, comme pour suggérer une possibilité de désordre dans une mise qu’elle voulait soignée. Ces éléments confirmaient l’autorité naturelle de son regard, à la fois ferme et envoutant, aux grands yeux bleus discrètement maquillés. À peine un soupçon de rouge pour rehausser ses lèvres sans défaut, qui me gratifièrent d’un sourire parcimonieux de pure forme. L’ovale de son visage au teint clair proclamait tous les trésors et les tourments qu’inflige la beauté féminine. Même les discrètes rides au coin de ses yeux ajoutaient à son charme une certaine classe. Elle portait un tailleur noir qui moulait ses formes sans être trop ajusté. On devinait plus qu’on voyait son corps se mouvoir sous l’étoffe. Mais un pas, un mouvement suffisaient à révéler, le temps d’une seconde, une courbe, un volume de nature à embraser l’imagination. Dans le contexte des relations habituelles entre les hommes et les femmes, une telle personnalité exprimait l’éternel message : « Je ne suis pas insensible, mais j’attends qu’on se donne la peine de me séduire ». Sauf que nous étions bien loin du contexte des relations habituelles entre les hommes et les femmes…

À cette personnalité sans défaut, j'opposai la froideur déférente de celui que préoccupe seulement le devoir de sa fonction.

— Madame je vous en prie, veuillez-vous asseoir.

Elle prit place dans la chaise que je lui désignai. Je lui fis part de l'objet de sa convocation et lui notifiai son placement en garde à vue, l'informant aussitôt de son droit de garder le silence, sans oublier de préciser que tout ce qu'elle dirait pourrait être retenu à son encontre. Elle parut déconcertée mais ne donna aucun signe de nervosité. D'emblée je rentrai dans le vif des questions.

— Madame, j'ai besoin de savoir si vous avez été la maitresse de Lucien Duval. Était-ce le cas ?

Elle se rengorgea puis, avec une pointe d'indignation, m'infligea la protestation de bonne foi que connaissent bien les enquêteurs.

— Non, jamais de la vie ! Lucien n'a jamais été qu'un ami très proche de la famille !

J'insistai un peu. En pure perte. Elle restait ferme sur ses positions, et faisait front.

À l'appui de ses dénégations, elle fit même appel à ses convictions religieuses, à l'engagement de fidélité qu'elle avait pris, à l'amour sans faille qu'elle portait à son mari et aux années de bonheur qu'elle avait connues avec lui. Ce torrent de banalités n'eut sur moi d'autre conséquence que me persuader qu'elle s'était préparée à notre entretien. Elle se mit à m'observer avec un brin de séduction. Se croyant habile, elle se trahit même par un petit sourire victorieux qui n'eut aucun effet sur moi. À mes yeux, elle venait de perdre la partie, car elle ignorait que j'avais obtenu les aveux de son amant. Elle me décevait. Décidément la pauvreté de son argumentation n'était pas à la hauteur de sa beauté. « Je l'aimais, je l'aimais », répétait-elle en substance sans me convaincre le moins du monde. Cette tactique me déçut. Elle choisissait la voie du mensonge. Je savais à quoi m'en tenir. J'essayai de lui venir en aide sur le chemin de la vérité. Mais, son argumentation, était toujours le même. « Je l'aimais, je l'aimais ». C'est tout ce qu'elle savait me dire. Elle m'interprétait le rôle d'une femme fidèle au grand cœur. J'avais face à moi une petite idiote qui persistait à me jouer la scène de l'épouse délaissée. Que de fois, dans des circonstances semblables, n'avais-je pas entendu cette pauvre litanie ! L'épouse délaissée mais toujours aimante, attendant des jours meilleurs et mérités ! Je compris que j'allais endurer un monologue sur ce thème usé et décidai de couper court, en décochant une banderille :

— Vous allez rester à ma disposition pendant vingt-quatre heures et vous passerez une grande partie du temps en cellule, ce qui vous aidera à retrouver la mémoire.

Puis, tout de go, pour la faire douter et lui prouver mon pouvoir de décision en pareilles circonstances, je me ravisai :

— En fait non, Madame… Je vais plutôt effectuer une perquisition à votre domicile.

Une intrusion policière dans le domaine privé ! Je savais d'expérience que les prévenus en ressentent de la honte, et redoutent les commentaires du voisinage.

— Bien entendu, je dois vous passer les menottes.

Léa me supplia de ne pas le faire.

— Oh non ! Je vous en prie, ne faites pas ça !

Je fis preuve d'indulgence.

— D'accord, concédai-je magnanime.

En réalité la menotter n'aurait servi à rien si ce n'est à la ridiculiser.

Je disposais sur elle d'un pouvoir de décision mais je me montrais accessible, lui présentant l'image d'un homme redoutable mais humain. C'est vers dix-neuf heures trente que nous avons quitté la gendarmerie en direction de son appartement, au dernier étage d'une résidence à trois niveaux. Ses jolis rideaux bleu-clair de style provençal contrastaient avec la référence andalouse qui dominait en ville. La terrasse avait une vue imprenable sur les arènes, le stade de rugby et le fleuve Adour donnant à ce modeste logement un cachet particulier.

— Je ne sais pas ce que vous cherchez, dit Léa d'une voix douce. Vous ne trouverez rien chez moi qui puisse vous aider.

Elle prêchait un convaincu, ignorant, ou feignant d'ignorer que le but de cette perquisition n'était pas de trouver forcément, mais de l'impressionner, de lui faire peur. Mes recherches de pure forme durèrent une bonne heure, et n'avaient rien apporté de nouveau à l'enquête lorsque dans la cuisine, mon regard fut attiré par une jolie boîte à gâteaux posée sur une étagère. Son couvercle gris métal représentait, sur fond noir, une tête coiffée d'un béret euskarien. Une plage dessinée à l'arrière-plan portait l'inscription « Côte Basque ». D'instinct, j'ouvris cette boîte comme j'aurais ouvert tout ce que je trouvais fermé et quelle ne fut pas ma surprise de découvrir, non pas des friandises, mais des lettres dont les enveloppes portaient l'adresse de Léa. Le tampon de la poste de Mirepeisset apparaissait bien en évidence. La provenance de ces lettres ne laissait plus aucun doute. J'ouvris lentement, une, deux, trois enveloppes. Surprise ! Les lettres avaient toutes le même signataire : Lucien ! Je lus quelques lignes qui relataient des évocations de moments de grande intimité. Je m'abstins de tout commentaire et cachai ma satisfaction d'avoir fragilisé, pour ne pas dire détruit, les vertueuses affirmations de la destinataire, laquelle baissait la tête… Elle en rougit de honte. À cet instant, la parole était superflue entre nous. Un seul regard suffisait pour nous comprendre. Je venais de la confondre sur ses mensonges. Ces courriers placés sous scellés, nous avons repris vers vingt et une heure le chemin de la gendarmerie, où j'enchaînai sur une nouvelle audition. Et cette fois, Léa voulut bien coopérer. Avec quelques petites larmes en plus, les larmes du repentir de la gentille femme qui avait voulu protéger un petit secret de rien du tout.

Elle avait chaud, me demanda un verre d'eau, essuya son visage moite avec un mouchoir de papier qui vira vite à l'informe et finit dans la poubelle. Elle se sentait au bord du gouffre, ne savait comment se tirer de ce mauvais pas, écrasée par mon harassement méthodique. Je lui proposai un café. Elle accepta, se pliant ainsi aux préliminaires d'une longue audition. La nuit était tombée, elle n'était plus dans son lieu de repli, son refuge aimé qui la protégeait d'ordinaire contre le monde extérieur, au centre de son petit univers douillet dont chaque objet lui racontait une histoire. La peur la gagnait. À l'heure où elle quittait ses vêtements de travail, faisait un brin de toilette et se préparait à une paisible soirée, regardait la télévision après avoir lu son courrier, elle se retrouvait là, dans une pièce austère, face à des enquêteurs qui allaient l'accabler de questions parfois indiscrètes. Son destin lui échappait. Elle frissonnait, serrait ses bras contre sa poitrine. Elle me demanda de pouvoir rentrer chez elle, quitte à revenir le lendemain matin. J'éludais la réponse d'un petit geste, mais avec quelques mots aimables et de circonstance, je tentais d'apaiser ses craintes, que j'avais exacerbées de mon mieux.

Je poussai la complaisance jusqu'à prendre l'initiative d'aller lui chercher un verre d'eau, non pas par compassion mais pour la laisser un moment seule avec les idées qui se bousculaient dans sa tête, les bons et les mauvais souvenirs, les occasions manquées, la conscience d'avoir commis une grosse erreur en cachant la vérité à un enquêteur. De retour avec le verre d'eau, je respectai, deux minutes encore, son silence, qui s'était mué en prostration, puis renouai le fil. Peu à peu, elle retrouva son calme. Le moment du grand déballage était arrivé.

C'est au cours de son enfance qu'elle avait découvert Mirepeisset, avec un émerveillement jamais démenti. Elle me confia ensuite ses premiers émois amoureux qui l'avaient conduite aux fiançailles, puis au mariage avec José Salvador, qu'elle avait épousé, expliqua-t-elle, plus par logique de la continuité que par amour. Au fil des ans, une immense tendresse les avaient unis. Le mariage, pensaient-ils, devait couronner ce sentiment très fort, mais il n'en avait rien été. Et le couple battit rapidement de l'aile. D'abord, on se berça de l'illusion que la naissance d'un enfant sauverait le ménage. Mais la nature en décida autrement. José, très affecté, chercha le salut dans le travail. Il devint un bourreau de la vigne, ne comptant ni les jours ni les heures. Mais peu à peu, il trouva dans l'alcool une compensation à son désenchantement intime. Il délaissa sa femme, qui trouva une épaule compatissante auprès de Lucien Duval, l'ami de la famille, toujours présent et serviable dans les moments difficiles. Au fil des jours, les amis devinrent amants et leur liaison resta secrète pendant bien des années. Ces révélations rejoignaient en tous points celles de l'amant.

Léa et Lucien prirent l'habitude de se retrouver dans un modeste cabanon en bordure du canal du Midi, loin des regards indiscrets, pensaient-ils. Elle savait cet amour sans lendemain, mais il apaisait la douleur de l'échec de son couple légitime. Elle s'étendit sur sa jeunesse, son premier flirt et ses fiançailles, sinon contrainte, du moins très encouragée par la famille de José Salvador.

Elle se livrait sans retenue, se libérant du poids de ses mensonges, de ses demi-mensonges et de ses petits secrets. Elle revivait ses moments d'amour et d'amertume. Je la sentais libérée et dans un autre monde. Elle revivait ses amours, ses joies et ses peines. Soucieuse d'être approuvée, elle interrompait parfois son monologue pour s'assurer de ma compréhension.

— Pensez-vous que j'ai eu tort de prendre un amant ? Sachez bien que je ne suis pas la seule femme dans ce cas ! Je suis sûre que vous me comprenez.

Ses grands yeux bleus quémandaient de ma part un signe de compassion ou de soutien, auquel je me refusai. Je me voulais attentif, simplement attentif. Il ne m'appartenait pas de juger. Son problème, son histoire ne me concernaient pas. Elle était en face de moi, dans le cadre d'une affaire criminelle que je devais résoudre et rien d'autre. Je n'étais ni son confident, ni un prêtre dans un confessionnal. Elle dut me comprendre, car ses yeux s'embuèrent de larmes quand elle prit conscience du fossé qui nous séparait. Elle revivait une liaison malheureuse, une liaison de substitution qui désormais appartenait à un passé révolu mais qui avait laissé des traces. Une question me vint à l'esprit : était-elle amoureuse de Lucien Duval ? Elle seule le savait. Et encore devait-elle douter de la réponse, car la vraie nature du sentiment amoureux nous échappe parfois. Je me gardais bien de le lui demander. À quoi bon ? Mon opinion était faite.

Elle se tourna vers la fenêtre et resta un instant silencieuse. Pensait-elle à ses amours perdues ? Allez savoir. Soudain elle me parla de Mirepeisset. Ce village qu'elle aimait tant. Elle énuméra les sites de la Commune dont je ne retins que les principaux : la Garenne, dont la retenue d'eau forme une petit Lac, la rigole qui fait la jonction entre la rivière Cesse et le Canal du Midi, l'église, les croix de rogations, et tout et tout. Je me gardais de la détourner de cette digression libératoire. Elle se déclara en admiration devant le canal du Midi dont elle connaissait bien l'histoire grâce aux livres de la bibliothèque de son père, m'expliqua le fonctionnement des écluses, évoqua le charme du chemin de halage et me mit en garde contre la confusion fréquente entre le canal du Midi et le canal de Jonction qui traverse Sallèles d'Aude. Elle m'apprit que le canal qui relie la Garonne et la Méditerranée s'était d'abord appelé sous le roi Louis XIV « Canal Royal en Languedoc » et ce jusqu'à la Révolution en 1789, qui avait supprimé la référence royale et préféré « Canal du Midi ». Peu de touristes, ajouta-t-elle savent que ce même canal s'appelle aussi « Canal des deux Mers ». *In petto*, je trouvais ce jugement un peu méprisant à l'égard des touristes, mais je me gardai de l'interrompre. « Oui, Canal des deux Mers, car il constitue une longue voie navigable entre la Méditerranée et l'Atlantique ! ».

J'approuvais d'un sourire ce flot de culture libéré

de son âme par tous les heureux souvenirs qui l'attachaient aux platanes centenaires, au cours d'eau paisible et aux élans du cœur. Elle tendait le dais diaphane de sa sensibilité sur un paysage transporté au « paradis de la vision », selon les jolies expressions du Narbonnais Joe Bousquet, héros de la douleur et poète de l'espoir. Son visage irradiait de bonheur. Elle prétendait que ce site, ombragé par des platanes centenaires était tout simplement un lieu majestueux. Je n'ai jamais rencontré une autre personne qui me vantât avec autant de fougue, d'enthousiasme et de connaissances, la beauté et l'attirance qu'elle avait pour ce cours d'eau, le Canal du Midi. Il me vint l'idée saugrenue de lui demander qui, du canal et de son partenaire, elle avait le plus aimé. Mais je rengainai à temps cette sottise.

En 1970, elle était à mille lieues d'imaginer que son cher Canal du Midi serait classé au patrimoine mondial de l'UNESCO. Mais qui sait ? Peut-être que l'amour constamment revendiqué de Léa pour le cadre de ses premières amours avait participé un tant soit peu à sa promotion universelle ? Peut-être même avait-elle été ce que l'on appelle aujourd'hui un élément déclencheur ? Ce serait extraordinaire.

Vers trois heures du matin, elle n'était plus en mesure de répondre à mes questions. Elle baillait, ses paupières se fermaient, sa tête tombait vers l'avant, irrésistiblement, malgré les sursauts qu'elle s'imposait. Ses propos devenaient décousus. La fatigue, la tension nerveuse et le sommeil avaient pris le dessus. Il était grand temps de lui offrir le repos de la cellule.

Le lendemain, le mardi 6 octobre, vers huit heures, notre conversation reprit de plus belle, favorisée par un café fort et deux croissants. Je voulais en savoir davantage sur ses affinités avec son beau-père. En fait, Léa et Juan Salvador n'éprouvaient l'un pour l'autre aucune sympathie. Elle l'appelait le patriarche, car il voulait gérer, s'occuper de tout et abusait de l'ascendant qu'il exerçait sur son fils. Leurs relations finirent par se dégrader, ce qui eut une incidence sur le jeune ménage, en raison de l'attachement inconditionnel de José pour son père. Léa ne comprenait pas le revirement soudain de son beau-père. Bien entendu, je me suis abstenu de révéler que Juan Salvador était au courant de sa liaison avec Lucien Duval et qu'il les avait surpris dans sa maison. C'était devenu sans importance. Loin de moi la pensée d'attiser des tensions familiales. J'appris aussi que Juan ne répondait ni aux appels téléphoniques ni aux lettres de Léa. Le jour des obsèques de son fils José, il avait ostensiblement ignoré sa belle-fille. Il avait décidé de couper définitivement les ponts avec elle. Pour ne pas envenimer les choses, si tant est que ce fût possible, Léa avait renoncé à faire valoir pour l'instant ses droits de veuve sur la part d'héritage qui lui revenait. Elle ne voulait pas engager une nouvelle polémique avec son beau-père. Vint la question de son emploi du temps la veille et le jour du meurtre de son mari. Question cruciale :

— Au fait, vous trouviez-vous à Mirepeisset les seize et dix-sept janvier 1970 ?

Le regard douloureux de Léa se transforma soudain en regard de haine. Le silence se fit et le temps s'arrêta. Elle me fixa de longues minutes d'un regard de défi, puis s'emporta.

— Mais enfin, me soupçonneriez-vous du meurtre de mon mari ?

— C'est une hypothèse à ne pas exclure, répondis-je froidement.

Elle hocha la tête en signe de dédain. Mon capital sympathie, difficilement élaboré au cours de l'audition, s'était dissipé. Elle répondit d'un ton ferme.

— Non, jamais je n'ai commis une chose pareille ! »

Elle baissa les yeux et essuya de la main une larme sur son visage. Soudain son épreuve fut interrompu par deux coups brefs, frappés sur la porte du bureau. À cet instant, entra le gendarme Mari, porteur des renseignements demandés.

La veille et le jour du meurtre, c'est-à-dire les 16 et 17 janvier 1970, Léa se trouvait sur son lieu de travail, ce qu'attestait la direction de l'établissement thermal. Son planning journalier le confirmait. Elle ne pouvait donc pas être à Mirepeisset. Pointilleux sur l'itinéraire, Mari poussa ses vérifications jusqu'à calculer la durée approximative d'un déplacement entre l'Aude et les Landes. Il avait agi d'initiative en bon enquêteur et ses conclusions firent foi. Léa avait achevé sa journée de travail du 16 janvier aux environs de vingt-trois heures et repris son activité le lendemain à quatre heures du matin, ce que confirmaient ses collègues de travail. Ça ne lui laissait pas le temps matériel d'un aller-retour entre Dax et Mirepeisset. Alibi de béton. Soit. À l'énoncé de cet exposé, Léa se libéra de sa réserve et poussa un soupir de soulagement. Elle reconnut être venue à Mirepeisset le 27 décembre 1969, lors des fêtes, ce qu'affirmait René, l'employé communal.

Un quart d'heure plus tard, me parvint par télescripteur un message de la gendarmerie de Ginestas, qui expliquait avoir résolu l'énigme sur la présence de la voiture immatriculée dans les Landes et stationnée devant le domicile d'Alphonse Roques, la veille du meurtre. Elle appartenait à un couple de braves gens domiciliés à Mont-de-Marsan de passage pour quelques heures à Mirepeisset, chez de la famille. Ces deux personnes avaient quitté le village aux alentours de dix-neuf heures. Comme Alphonse Roques fermait ses volets vers dix-huit heures, il n'avait pu les voir partir. Ainsi prenait fin ce mystère. L'innocence de Léa éclatait au grand jour. Inutile de la maintenir plus longtemps en garde à vue.

Quand vers dix heures, elle fut mise en liberté sur instruction du juge Fleuriau, elle fondit en larmes. Ainsi, selon l'expression consacrée, se referma la porte sur celle qui fut un temps soupçonnée du meurtre de son mari. Avant de prendre congé, Mari eut droit de sa part à une bise de reconnaissance. Il l'avait bien mérité. Léa nous fit un signe amical et s'éloigna progressivement jusqu'à disparaître au coin de la rue. Le comportement de Mari m'interpella. Il suivait Léa assidument du regard. Je le sentais ailleurs. Que pensait-il ? D'une tape sur l'épaule, je dus le ramener à la réalité. « Allons Mari, que se passe-t-il ? ». Il sourit. De retour au bureau, il, s'approcha de moi et sur le ton de la plaisanterie, me marmonna que, en un autre temps, en un autre lieu, il aurait peut-être recherché sa compagnie. J'ajoutai, qu'il aurait même pu connaître une histoire d'amour avec elle. Allez savoir ? Ce qui est sûr c'est que nous avons éclaté de rire de son fantasme…

Je n'ai plus revu Léa, mais le souvenir que je garde d'elle me tourmente parfois. Certes, je m'étais comporté à son égard de façon irréprochable, règlementaire, professionnelle, restant de marbre à ses sourires. Peut-être me suis-je montré trop rigoureux avec elle ? Mais l'enquête le nécessitait et je n'avais pas l'intention de changer de méthode. Sa remise en liberté suffisait à satisfaire amplement mon impartialité.

Léa innocentée, qui était donc le coupable ? Qui avait tué José Salvador ? Et pourquoi ? L'enquête s'embourbait, et semblait redonner force et vigueur aux soupçons qui se portaient sur Lucien Duval, hâtivement désigné comme l'assassin par l'adjudant Laffont. Et si, et si…

Sur le chemin du retour, le souci de l'enquête me reprit. Qu'allais-je dire au juge Louis Fleuriau ? Léa venait d'être disculpée, une porte s'était refermée. Vers quelle direction devait se diriger mes investigations ? Par élimination, un nom s'imposait : Lucien Duval. Finalement, l'adjudant Laffont n'avait-il pas raison ? Je n'étais pas au bout de mes peines…

LE PATRIARCHE

Dès mon retour à ma base méditerranéenne, je m'empressai d'aller exposer au juge Fleuriau le résultat de mes investigations. Mon compte rendu l'intéressa, tout particulièrement les éléments matériels sur l'emploi du temps de Léa que j'avais recueillis, ainsi que les divers procès-verbaux d'auditions. Le juge les scruta avec sa coutumière minutie et dut se rendre à l'évidence : elle était innocente.

— Ce qui signifie que l'enquête s'enlise ! Arriverons-nous à conclure ?

À mon air, il me sentit gêné. Je l'étais. L'affaire que j'avais tentée de résoudre se révélait de plus en plus complexe au fur et à mesure que s'évaporaient toutes les hypothèses de travail. Seule, à vrai dire, subsistait, celle qui nous menait, obstinément, au nommé Lucien Duval. Avec ses mots favoris de circonstance le juge m'encouragea à poursuivre :

— Une porte se referme, une autre s'ouvre. C'est ainsi. Sachons garder le moral. Vous avez résolu des affaires autrement plus ardues.

Cet encouragement me touchait, certes, mais n'enlevait rien à ma perplexité. Lucien Duval, le meurtrier ? Trop facile ! À supposer que sa culpabilité soit établie, restait à discerner le mobile de l'acte. Quel intérêt avait-il à vouloir tuer José ? Tout l'accablait, sauf un mobile. Croire en un crime passionnel était, pour moi, un leurre. Encore fallait-il le démontrer. La justice ne condamne que sur preuve.

Le juge d'instruction m'informa des demandes répétitives du prévenu Lucien Duval :

— Il a sollicité deux fois une audience. Son avocat demande sa mise en liberté, que je vais rejeter, en raison de charges sérieuses. Tout l'accuse ; mais il me manque le mobile du crime. Bon, je vous rappelle que j'ai un rendez-vous à honorer en début d'année 1971.

J'avais compris le message, son futur départ à la retraite. Ce faisant, il ne voulait laisser aucun dossier en instance à son successeur : question d'honneur. Louis Fleuriau appartenait à une génération de magistrats qui ne partageait pas son travail et ne laissait rien aux autres. « Mes dossiers sont mes dossiers », avait-il coutume de dire. L'ayant côtoyé pendant des années, je peux affirmer que cet état d'esprit ne relevait en rien de la suffisance, mais d'un certain sens de la rigueur auquel il n'avait jamais dérogé au cours de sa longue carrière. Disons que depuis, les scrupules professionnels de cette sorte sont devenus volatils…

Le dossier d'instruction ouvert dans son cabinet sur le meurtre de José Salvador était le dernier de sa carrière et il se faisait un devoir de le mener à son terme. Ainsi fonctionnait l'emblématique juge Fleuriau. De nos jours, l'approche des dossiers est devenue collégiale, plus technique et qui sait, plus détachée. Est-ce un bien ? Peut-être que la question devrait se poser autrement. À mon niveau, je me devais d'être à la hauteur de cet homme que je respectais, incarnation de la probité intellectuelle, de la rigueur et de la conscience professionnelle. Je serais son champion, les heures, les journées de travail ne compteraient pas. Un seul objectif, le résultat. De sa prison, Duval, par media interposé, ne cessait de clamer son innocence. Ma visite à la prison l'avait déstabilisé. Frissonnait-il à la pensée de la lame de la guillotine ? Peut-être. Moi, sûrement. Envoyer un innocent à l'échafaud eut été la pire des catastrophes, tant pour les juges que pour les enquêteurs.

Une fois de plus, je réexaminais tous les détails de l'enquête, analysant au plus près les pièces à conviction en ma possession, afin de trouver à Lucien Duval des alibis de nature à laisser planer un doute susceptible de l'innocenter du meurtre de José Salvador. Je me suis fait l'avocat du diable et, me plaçant dans la peau de celui qui avait la charge de défendre l'indéfendable bec et ongles, je répertoriai avec la plus tatillonne minutie, le plus vétilleux acharnement, les arguments en faveur de Lucien Duval. Je m'enveloppai dans la robe du plus retors des maîtres du barreau afin de trouver des failles dans les accusations et de dissiper les soupçons les mieux structurés. Mais ce dédoublement de ma personne au service de la vérité échoua. Force fut de me rendre à l'évidence : aucune pièce du dossier n'apportait un élément positif en faveur du prévenu. Bien au contraire ; tout le désignait comme le coupable. Cependant, au fond de moi, demeurait un je-ne-sais-quoi qui refusait de se satisfaire des conclusions négatives élaborées au prix de tant d'efforts. Ce je-ne-sais-quoi n'était-il pas tout simplement l'obstinée petite lumière de la conscience ?

Courant octobre, je décidai de me rendre dans le village de Mirepeisset et de rendre visite à Juan Salvador, surnommé le patriarche. Peut-être, retirerais-je de notre conversation quelques renseignements sur le mode de vie et les fréquentations de son fils ? Je savais le vieil homme malade et la disparition prématurée de son fils aggravait, parait-il, son état de santé. Ce drame le hantait. Amaigri, il se déplaçait mal, à l'aide d'une canne, et parlait peu. Dans ces conditions, lui rappeler d'emblée de mauvais souvenirs me parut inconvenant.

Le douloureux sujet du meurtre de son fils devait s'effectuer en douceur, sans contrainte, sans hâte, sans pression. Je devais lui laisser l'initiative. Comment procéder ? Une idée me vint : Je lui parlerai de l'Espagne ! J'avais relevé dans une des précédentes auditions menées par Laffont que Juan Salvador était né en Andalousie, tout comme ma mère. Par cette voie, pourrais-je peut-être trouver le chemin de son cœur ? Doucement, j'évoquai Sorbas, le village où il avait vu le jour. Aussitôt, son visage s'illumina, comme si, un court instant, il oubliait ses malheurs. Puis, il redevint grave, s'absorba dans quelque pénible pensée et, pendant quelques secondes, parut réfléchir. À quoi ? Je ne l'ai jamais su. Fuyant ses rêves, il me questionna :

— Connaissez-vous l'Andalousie ?

D'un hochement de tête, j'acquiesçai, puis précisai que me mère était, elle aussi, originaire de ce pays mythique.

— D'où exactement ?

— De Murcia.

— Ça alors, nous sommes compatriotes !

Pour la première fois, il venait de sourire.

Un climat de confiance venait de s'instaurer entre nous. Mais ce premier contact ne m'apporta aucun élément nouveau sur l'enquête. Je m'en accommodai, mais j'étais confiant dans le fil que j'avais tendu entre nous. Je lui rendis par la suite, souvent seul, six ou sept visites, de nature à nuancer, puis approfondir le personnage. Il dégageait une sympathie naturelle. Ses yeux verts et rieurs donnaient un certain éclat à son visage. Celui de l'homme gentil. Ce qu'il était vraiment. Juan Salvador était respectueux des lois de la République et de la gendarmerie. Dans nos relations, l'Andalousie m'aida beaucoup mais au moment choisi, je me prévalus, avec une susceptibilité feinte, de mes origines catalanes.

— Ouah, un Catalan ! Les Catalans sont têtus, fiers et pugnaces ! me dit-il.

Ce compliment fut aussitôt scellé par un grand éclat de rire, prélude au cérémonial du café qui s'instaura entre nous à chacune de mes visites. Le vieillard me servait un bon café dans une tasse de porcelaine blanche décorée de petites fleurs bleues sur la table de la cuisine. D'autorité, il détermina mon emplacement à la table. Quant à lui, il s'installait devant moi, tournant le dos à la fenêtre. Cette disposition avait la rigueur d'un rituel. Un jour, pour le taquiner, je pris sa place. Il me foudroya du regard, fronça les sourcils, tapa le sol d'un coup sec avec sa canne et me rappela à l'ordre en pointant son index pour désigner ma chaise. Je présentai mes excuses, obtempérai en souriant. Il ouvrit alors le buffet de la cuisine, en rapporta les petites cuillers, le sucre, sa tasse et partit s'emparer de la cafetière brûlante. Ce cérémonial, lors de mes visites, était devenu immuable. Juan Salvador en avait défini les règles et les coutumes. Et, il y tenait…

Parfois sa démarche hésitante, déséquilibrée me faisait craindre le pire. Je n'ai jamais osé proposer mon aide de peur de le vexer et d'attenter à ce que des gens mal disposés pourraient appeler une « manie de vieux ». Je savais, moi, qu'en recevant un invité, il se conformait aux règles de son éducation. Ce comportement, risible pour certains, me révélait un trait marquant de sa personnalité, sa fidélité au passé. Il lui arrivait de provoquer ma visite par un appel téléphonique, sans grande raison. En fait, la solitude lui donnait envie de parler, trouvant en moi une oreille attentive à ses déboires. Je comprenais son isolement, son mal être. Cette envie de communiquer allait bien sûr au-delà de mes espérances, et je me montrais assidu. C'est dans ces circonstances particulières que j'appris à le connaître différemment. Il évoquait souvent sa maladie, dont il avait si peur, et qui avait emporté sa femme Maria. Juan redoutait d'endurer les mêmes souffrances et se rendait compte que sa vie lui échappait. Espérait-il de moi une aide quelconque ? Hélas, dans ce domaine, je ne pouvais rien pour lui et je le lui dis bien franchement. Peu à peu, il me prit en affection, en vint à me tutoyer, en ami, que je n'étais pas, ce que je me gardais bien de lui rappeler. Pensait-il que son âge le lui autorisait ? C'était sans importance. Je n'en prenais aucun ombrage. Nos échanges furent facilités, c'est tout ce qui m'intéressait.

Juan Salvador me parla de son enfance, de ses peines, de sa femme, de ses sentiments, ramenant tout à lui, cédant à un narcissisme un peu lassant mais que l'enquêteur que j'étais portait cependant à son crédit.

Puis, il évoqua à sa façon les plaies de la dictature franquiste dont l'instauration fut le prélude au déclenchement de la deuxième guerre mondiale, annonçant des atrocités abjectes. Il connaissait à fond l'histoire récente de son pays dont les dates étaient gravées au fond de sa mémoire. Tout avait commencé le 18 juillet 1936, par une conjuration de généraux qui déclenchèrent un coup d'état contre la République, proclamée cinq ans auparavant. Le coup d'État avait échoué, mais l'Espagne s'était déchirée entre les forces républicaines et les insurgés nationalistes dont les troupes attendaient au Maroc, avec à leur tête, le général Francisco Bahamonde Franco, fort du soutien de Hitler et de Mussolini qui mirent leurs avions à sa disposition pour acheminer ses hommes vers la péninsule. Le premier grand pont aérien de l'histoire était né. Ces avions broyèrent des villes comme Guernica, écrasée sous les bombes en 1937, faisant des milliers de victimes. Cette guerre d'Espagne fut le lever de rideau de la deuxième guerre mondiale. Sur le terrain, députés de gauche, syndicalistes, militants socialistes, leurs familles et leurs proches, furent massacrés. En face, quand les anarchistes et les communistes tenaient la rue, les nantis et les suspects de sympathie pour les insurgés, prêtres, religieuses, furent éliminés.

La rage au cœur, Juan Salvador connut l'exode, le sort des vaincus, l'humiliation. La France, terre d'asile bien malgré elle, l'accueillit ainsi que sa femme Maria. Dans des camps, mais en sécurité. Fréquemment, il évoquait Franco, avec hargne pour le critiquer certes, mais aussi pour « reconnaitre qu'il aurait une page dans les livres d'histoire ». Étrange concession faite à un homme qu'à d'autres moments, il accusait de tous les crimes. J'eus la clef de cette compromission inattendue lorsqu'au hasard de nos conversation, fut prononcé le nom de Guadalajara. En mars 1937, la République avait infligé aux portes de cette ville de la Nouvelle Castille une cuisante défaite, qui résonne encore dans les manuels d'histoire, aux mercenaires italiens envoyés par Mussolini pour garnir les troupes franquistes. Mais très vite, cette victoire républicaine s'était muée en victoire de l'Espagne éternelle contre l'étranger, puisque, même les Franquistes, parait-il, s'étaient réjouis de la défaite de leurs propres alliés face à des compatriotes à l'indomptable courage ibérique ! Son mépris pour le général était tel qu'il contestait avec désinvolture son rôle et ses idées. Pour lui, c'était un criminel qui a divisé le peuple pour asseoir son pouvoir. Juan vivait son récit avec passion. Je l'écoutais sans l'interrompre. Il me fit découvrir à sa façon, avec ses mots à lui, une partie de la guerre civile espagnole. Il fut un excellent professeur.

Quand il lui arrivait de s'attendrir, Juan évoquait les fêtes et les processions andalouses. Ce folklore avait baigné son adolescence. C'est au cours d'une de ces ferias qu'il avait connu sa future femme Maria, un soir où les airs d'une envoûtante musique emportent les âmes très loin. Même les taureaux, me dit-il, sont sensibles à la musique andalouse, qui savait faire oublier la dureté de la vie des villages sans électricité et sans eau potable. C'est à pied ou à dos de mulet qu'il se rendait au village voisin pour remplir des bidons d'eau potable à la fontaine publique. Au décès de son père, il était devenu chef de famille. Berger à quatorze ans, il gagnait les quelques pesetas qui faisaient vivre sa mère et sa petite sœur. La surveillance du troupeau l'accaparait, il ne comptait pas ses heures pour vaincre tant bien que mal l'obsédante « *hambre* », la faim. Les journées étaient caniculaires. Le travail commençait vers trois heures du matin et finissait à dix heures du soir et personne ne se plaignait. Mais, autre époque… le soir venu, les paysans recrus de fatigue se rassemblaient parfois dans la rue pour jouer de la guitare et chanter autour d'un feu improvisé, pour s'éloigner un instant de la misère et s'affirmer aptes à surmonter le malheur.

Mais très vite, Juan Salvador revenait à la rupture qu'avait marquée l'exode dans sa vie mouvementée, exemplaire, typique de ces héros espagnols malmenés par les combats et la défaite, mais farouchement intransigeants sur le chapitre de l'honneur. Membre de la 15ème Brigade Internationale, il fut blessé, eut la chance d'être envoyé dans un hôpital militaire de Marseille, puis, abandonné par le sort, dut prendre le chemin du camp d'internement d'Argelès. Les jours passèrent, la mobilisation en France créa de nouveaux besoins de main d'œuvre et l'ex-brigadiste fut expédié au loin pour mettre la main aux fortifications de la ligne Maginot, laquelle fut finalement contournée par un ennemi qui le captura dans les environs de Dunkerque. Son passé le désigna sur le champ pour Mathausen, où il créa, ni plus ni moins, un comité de résistance espagnol. Salvador était un orateur hors pair. Ses récits, dont je n'ai jamais vérifié l'authenticité, m'inspiraient respect et admiration.

Libéré, il retrouva Maria à Mirepeisset, où des cousins l'avaient hébergée. Le couple enfin réuni s'y installa définitivement. Juan fut embauché comme vigneron au domaine de la Condamine. À cet instant de l'évocation, un sanglot mal étouffé trahit l'intensité du souvenir de Maria dans l'esprit du vieil homme. Maria, le grand amour de sa vie, couturière et femme de ménage chez le comte. Une vie rigoureuse avait permis d'économiser pour acheter une maison et quelques parcelles de vigne, apothéose d'une intégration réussie dans le village de Mirepeisset. Mais un jour, presque à l'improviste, la maladie emporta Maria. Juan se voua dès lors à l'éducation de son fils, qu'il voulait conforme aux lointaines traditions espagnoles.

À ce moment de son récit, il regardait fixement la photographie de sa famille, en bonne place, au centre du rebord de la cheminée. Son visage s'illumina. Il ébaucha un sourire, emporté par des pensées attendrissantes, qu'il commenta avec des mots qui n'avaient de sens que pour lui seul. Entrait-il en contact avec sa chère disparue ? Peut-être, lui seul le savait. Je me gardais bien de le lui demander, respectant son rêve, son errance dans un temps et un espace où je n'avais pas le droit de m'immiscer. Il était heureux, très loin. Je pris grand soin de ne faire aucun bruit, aucun mouvement. Était-il en Andalousie, avec Maria, en temps de paix ? À Mirepeisset en famille ? Ou, simplement, nulle part ? Allez savoir ! Alors, pour que rien ne vienne briser ses rêves, je le laissais dans son confinement, attendant patiemment, sans bruit, son retour… Je maudis en secret la mouche qui défiant la loi du silence, vint se poser sur le bord de son verre, éprouvai un grand soulagement lorsqu'elle comprit à sa façon qu'elle était de trop, et disparut.

Soudain, les cloches du village annonçant dix-sept heures tirèrent Juan de sa rêverie. Comme si de rien n'était, il s'étonna de mon café intact et d'un petit hochement de tête, le désigna à mon attention. Il se faisait tard, je devais prendre congé. Mais mon hôte avait envie de poursuivre et, à ma grande surprise, me parla de Léa. Il ne la portait pas dans son cœur. C'était elle, la responsable des malheurs de son fils. Elle lui était infidèle. Il l'avait surprise chez son fils dans les bras de son amant, Lucien Duval. Tel un gendarme, je savourai au passage cette expression, et pendant plusieurs jours, il l'espionna. Elle se promenait tous les après-midis sur le chemin de halage. Cette balade, aux mêmes heures de la journée, lui parut curieuse.

Un jour, il prit ses jumelles et se posta de l'autre côté du Canal du Midi, au lieu-dit le Pont Canal, à l'abri d'un platane. Là, il était tranquille et pouvait voir sans être vu. Et, il a vu… Lucien et Léa se retrouvaient au même endroit trois ou quatre fois par semaine dans un cabanon de vigne, à la porte cachée par un figuier.

— Ils n'étaient pas là pour ramasser des figues, me dit-il.

L'expression m'amusa mais je ne laissai rien paraître. Le couple se séparait vers quatre heures et demie. Juan eut souvent envie d'aborder le sujet avec son fils, mais il ne le fit jamais. José ne l'aurait pas cru et se serait fâché. Ce qu'il ne voulait pas.

Une fois, Juan avait évoqué la mésaventure d'un couple du village surpris au milieu de ses ébats, espérant provoquer des confidences. Mais en vain. José n'avait pas mordu à l'hameçon. Bien au contraire, il mit en avant son amitié avec Lucien Duval. Juan Salvador n'insista pas davantage. Le temps passa et des mois plus tard, José annonça qu'il se séparait de Léa, sans fournir la moindre explication. Son père s'était abstenu de tout commentaire, pour ne pas ajouter à la douleur d'une rupture peut-être très ressentie. Pour Juan, aucun doute : le mobile du crime était simple. Il s'agissait d'une péripétie de la relation extraconjugale. Autrement dit, quoiqu'il s'en défendît Duval était l'assassin et Léa sa complice. Avec l'élimination de son fils, le couple pouvait se recomposer et recevoir la part d'héritage qui revenait à la veuve. Cette hypothèse « se tenait », mais mon enquête en avait décidé autrement. Je ne pouvais donc pas laisser croire à Juan Salvador que Léa était en quelque façon impliquée dans la mort de son fils. Mais le vieil homme ne voulait pas en démordre. Les deux amants étaient complices ! Brusquement, il dressa la tête.

— Quelqu'un frappe à la porte, me dit-il.

Je n'avais rien entendu. Mon hôte avait l'ouïe fine. Le visiteur, en fait une visiteuse, était la voisine, Adèle Brun, venue apporter un peu de soupe ; quand elle fut partie, Juan me parla enfin de son fils, ce que j'attendais avec impatience, car de toute évidence, pour moi, Juan Salvador était le témoin-clé de l'affaire. Lui seul pouvait m'apporter des détails sur la découverte du corps. Certes, il s'était confié aux premiers enquêteurs, mais de façon sommaire. Moi, j'étais prêt à l'écouter sans l'interrompre. C'était là une de mes pratiques dont je n'avais eu qu'à me féliciter. Je laissais la personne, seule avec sa conscience, me parler d'elle-même aussi longtemps qu'elle l'entendait. Je lui laissais croire que j'adhérais à sa version des faits, à sa vérité, au moins à celle qu'elle souhaitait me communiquer. J'accordais beaucoup d'importance à des détails qui auraient dû surgir spontanément, mais dont l'omission délibérée pouvait se révéler féconde. Puis, dans un second temps, je prenais la direction des débats, intervenant sur des contradictions, des petits mensonges, des oublis, pour contraindre mon interlocuteur à préciser des points présentés sous différents angles, ceci afin d'éviter toute équivoque en présence du juge d'instruction. Au second stade de l'interrogatoire, je devenais le maître du jeu.

Juan Salvador me raconta l'enfance de José, la mort de sa femme, le service militaire, ses fiançailles avec Léa, la dérive de son garçon vers l'alcool et conclut par la dramatique journée du 17 janvier 1970. Comme d'habitude, il s'était réveillé vers quatre heures du matin et levé une demi-heure plus tard. Il n'avait entendu aucun bruit, persuadé que José dormait dans sa chambre. En raison des difficultés qu'il éprouvait pour se déplacer, il s'était saisi de sa canne avant de descendre l'escalier, lentement, avec peine. Parvenu au premier palier, il avait remarqué que la cuisine était éclairée et pensé que José avait oublié d'éteindre la lumière, ce dont il était coutumier. Arrivé à l'entrée de la cuisine, il découvrit une image d'horreur : des débris de verre jonchaient le sol et près d'une chaise renversée, José gisait, la face contre le sol.

Tout d'abord, il s'est dit que, pris de boisson, José s'était écroulé pour dormir aussitôt. Il l'a appelé plusieurs fois par son prénom mais il n'a pas répondu. Il s'est alors approché et, avec la canne, lui a tapoté les fesses pour le réveiller. Aucune réaction. Avec la main gauche, il lui a touché le visage et c'est à cet instant qu'il a compris qu'il était mort. C'est alors qu'il a vu des traces de sang sur le carrelage et sur la porte. Pris de panique, il a appelé les gendarmes de Ginestas. Le gendarme de permanence lui a fait répéter son adresse, sans doute à cause de son accent espagnol. Peu après une patrouille est arrivée, commandée par un certain adjudant Laffont. Au bruit du moteur, il est allé ouvrir la porte. Les militaires étaient en grande conversation avec sa voisine, Adèle Brun.

Au cours de la nuit, le vieil homme n'avait entendu aucun bruit suspect et ignorait donc à quelle heure son fils était rentré. La veille, ils avaient soupé ensemble. Ensuite, comme tous les vendredis vers vingt heures trente, José s'était rendu au café du village, chez Léon. Juan, quant à lui, s'était couché vers vingt-deux heures. Plusieurs fois, je suis revenu sur le déroulement de cette soirée. Malgré mes questions, parfois pièges, Juan Salvador resta toujours cohérent. À une exception près cependant, ce qui sollicita ma mémoire…

Au début de mon enquête, le gendarme Mari m'avait

raconté par le menu les péripéties de l'intervention du 17 janvier 1970, au petit matin. Il me revenait en mémoire que l'adjudant Laffont lui avait dit que « Juan Salvador avait failli tomber de toute sa hauteur car il avait oublié sa canne dans sa chambre ». Or, ce détail était en contradiction avec la conversation que j'avais eue avec l'intéressé. Mari, consulté, confirma bien volontiers les propos qu'il m'avait tenus, mais précisa qu'il n'avait pas assisté à l'incident, occupé qu'il était à s'entretenir avec Adèle Brun, sous sa fenêtre. Lorsqu'il avait pénétré dans le hall de la maison, Juan Salvador se trouvait assis sur une marche de l'escalier, la canne entre les jambes. Mari s'étonna de mon entêtement à vouloir connaître la vérité d'un détail en apparence très futile. Je le chapitrai gentiment, lui rappelant que dans une enquête criminelle, le moindre détail à son importance. Ne pas effectuer toutes les vérifications ne constitue pas seulement une faute, mais relève de la négligence professionnelle. Un enquêteur que l'on peut taxer de cette sorte de manquement n'a rien à faire dans une unité de police judiciaire. Je ne suis pas sûr de l'avoir convaincu. Par malheur, aucun procès-verbal ne mentionnait quoi que ce fût au sujet de la canne, et dans ce domaine, je restai sur ma faim. Pour l'heure, tout au moins. Car l'énigme se trouva résolue lors de ma visite impromptue au retraité Laffont, à Narbonne-Plage.

Dans un premier temps, Laffont se montra évasif. Puis, au prix d'un effort de mémoire, il put m'expliquer que Juan Salvador se trouvait sur le pas de la porte, sans canne. Celle-ci était posée contre le mur, près du téléphone. Il avait dû la lâcher pour composer le numéro de téléphone de la gendarmerie et, dans son affolement, avait oublié de la reprendre avant d'aller ouvrir pour attendre l'arrivée des gendarmes. Il avait sans doute récupéré la canne avant de s'asseoir sur la marche de l'escalier. Je tenais peut-être là la clé de l'énigme et la « porte » se referma sur le mystère de la canne.

Emporté par sa verve, Laffont entreprit de me raconter « son » enquête, que je connaissais pour l'avoir lue et relue dans ses moindres détails. Je l'écoutais comme un jeune gendarme, ce qui le combla de satisfaction. À ses yeux, la culpabilité de Lucien Duval ne faisait aucun doute. Avec vanité, il épiloguait sur les preuves qu'il avait rassemblées et qui devaient conduire Lucien devant la cour d'assises. Ce raisonnement sans modestie me déçut. Laffont pensait, comme tant d'autres avant lui, qu'en quittant la gendarmerie « la terre allait s'arrêter de tourner ». Se croyait-il indispensable ? Je ne lui dis rien, car ce n'était pas le lieu pour en débattre. En revanche, je savais que son enquête sur le meurtre de José Salvador avait été bâclée. Un peu de simplicité de sa part aurait été la bienvenue. Mais, je le laissai à ses fanfaronnades de « vieux retraité ». Puis, il ajouta que des prélèvements sanguins post mortem avaient été effectués sur le corps de José Salvador par le docteur Cros. J'en fus surpris, car ce n'était mentionné nulle part dans les procès-verbaux et par conséquent ces échantillons n'avaient jamais été exploités. Je lui en fis l'observation, mais pour lui c'était sans importance. Ce dont j'étais moins sûr…

Je m'empressai de les réclamer au médecin, et ils furent transmis aussitôt au laboratoire pour analyse. Ma visite à l'adjudant Laffont se révélait donc fructueuse. J'acceptai de bon cœur le verre de l'amitié auquel il me convia et je me laissai entrainer sur le port où était amarrée sa barque. Il me raconta quelques anecdotes de marins. Il était heureux. Un groupe d'amis vint à sa rencontre en lui faisant de grands signes et se mirent à plaisanter. Revenant vers moi, il me parla de ses potes. Laffont appartenait à une branche dissidente de « Narbonne-Plage les amis », une amicale qui, aux termes d'inamicales turbulences, a connu la sécession. Désormais, il faisait partie des « Potes de Narbonne-Plage ». Il se fendit d'un :

— Que voulez-vous, l'amitié, c'est complexe.

Il me serra la main et, pressé, rejoignit ses amis.

Je compris que la gendarmerie et ses affaires appartenaient pour lui au passé. Je souris et l'abandonnai à son univers relationnel, complexe, certes, mais combien nécessaire et chaleureux.

Les jours suivants, je me rendis plusieurs fois au domicile de Juan Salvador, qui m'accueillit toujours avec la même gentillesse. Je lui fis part de mes scrupules au sujet de la canne, scrupules définitivement levés par l'adjudant Laffont. Juan acquiesça en souriant. Plus tard, je me rendis compte que je m'étais fourvoyé en lui apportant une réponse. En outre quelque chose m'intriguait dans son comportement. Au bureau, je compulsai une fois de plus l'album contenant les photographies prises sur les lieux du crime. Je m'attardais sur les bouteilles cassées et la chaise renversée. Forcément, il y avait eu du bruit. Comment être sûr que Juan Salvador n'avait rien entendu ? Cette question, dès lors, me tarauda. Je devais en savoir davantage sur le degré de surdité de cet homme !

DÉNOUEMENT

Convaincu que Juan Salvador me dissimulait certaines choses, j'élaborai, conjointement avec le gendarme Mari, un scénario de nature à le confondre. Juan, prétendait-il, n'avait rien entendu ! Soit. Mais mon intuition me suggérait le contraire. Mon intuition, ou ma propension à soupçonner que la vérité est à rechercher bien au-delà des apparences les plus anodines, les plus acceptables. Le personnage de Juan, recru des épreuves infligées par la guerre civile espagnole et le deuxième conflit mondial, aussi valeureux guerrier que rude paysan auquel le sort infligeait, au terme de sa vie, les plus intimes des deuils, que tout me portait à respecter, se délitait peu à peu, tel un monolithe attaqué par l'acide du soupçon. Que dire, que penser ? Pourquoi cet homme se montrait-il si peu disert sur les événements du 17 janvier 1970 ? Que voulait-il me cacher ? À ces lancinantes questions, s'imposait une réponse. La porte, la fameuse porte tant de fois évoquée devait se refermer.

Avec mon collègue, nous avons soigneusement préparé notre mise en scène. Mon rôle consistait d'abord, « pour me rendre mieux compte » disais-je, à visiter la chambre de Juan Salvador, en sa présence, bien entendu. La porte de cette chambre donnait sur l'escalier. Mari, quant à lui, resterait dans la cuisine et, sans élever la voix, m'appellerait. Selon la réaction du vieil homme, je serais fixé sur ses problèmes auditifs et la qualité de son audition. Dans un décor choisi, les rôles étaient assignés. Aux acteurs de donner la représentation.

Le dernier jour du mois d'octobre, je me présentai au domicile de Juan Salvador, où Mari me rejoignit quelques minutes plus tard. Une forte tramontane malmenait le petit village de Mirepeisset, accablé d'incessantes bourrasques chargées de pluie. Juan m'accueillit avec bonhomie et d'un petit signe de tête désigna ma tasse de café, placée à l'endroit habituel. Décidément le maître des lieux respectait les formes. Pourtant, j'ai vite redouté l'échec de mon plan. En effet, Juan n'était pas comme je l'espérais. Son physique le trahissait. Il était livide, se déplaçait plus difficilement qu'à l'accoutumée et se plaignait de douleurs. À ma sincère compassion se mêlait la crainte du fiasco professionnel. Devant moi, s'exprimait un homme dur qui menait le combat éternellement perdu contre le temps. C'était un combattant. Mais par fierté, il allait disputer un peu de répit à l'implacable ennemi car, aux portes de la mort, il ne parvenait pas à imaginer son absence au procès de l'assassin de son fils. En proie à ses obsessions, il s'acharna contre sa belle-fille, coupable à ses yeux, envers et contre tous. Dans le délire, il manquait de sérénité et se méprenait sur la culpabilité de Léa. Ma position plus nuancée l'exaspérait. L'approche de la mort, qu'il évoquait volontiers, ne lui apportait pas la paix, mais une amère résignation, une sorte d'indifférence générale aux choses que venaient troubler à l'improviste des accès d'agressivité verbale à l'égard de Lucien Duval et de Léa. Se pouvait-il que d'autres vivent encore alors que son fils était mort et que lui-même avait déjà un pied dans la tombe ? De toutes ses dernières forces il voulait peser sur leur destin en influençant mon enquête. Prudent, soucieux de ne pas le vexer, je m'imposais une feinte indifférence. Mais je savais à quoi m'en tenir sur Léa. Il la méprisait et déversait sur elle un flot de méchanceté, dont je me gardais de relever les excès. J'attribuais ses états d'âmes à sa maladie. Par moments, il poussait un petit gémissement plaintif et posait une main sur son ventre, comme pour contenir une douleur. Pouvais-je rester insensible ? J'étais sur le point de mettre un terme à ma visite lorsque Mari suggéra de visiter l'étage. Juan accepta bien volontiers. Je l'accompagnai.

Insensiblement, à son insu, la machine à remonter le temps venait de se mettre en marche. Mari, quant à lui, resta dans la cuisine. La quinzaine de marches gravies, Juan Salvador m'introduisit dans sa chambre. Elle était meublée d'une armoire, de deux chaises, d'une table de chevet occupée par un réveil et le cadre d'une photo de Maria, d'une commode surmontée d'un miroir fixé sur le mur et, bien sûr, sous la protection d'un crucifix mural, d'un lit, à quelques centimètres de la porte et parallèle à la cage de l'escalier.

— Ma chambre reste toujours ouverte, me dit Juan, qui alla se placer à un angle de la pièce, près de la fenêtre, à l'opposé du lit et de l'entrée principale.

Cinq bonnes minutes s'écoulèrent avant que Mari m'appelât plusieurs fois comme convenu. J'affectai de ne rien entendre. Devant moi, le miroir me permettait d'observer Juan. À son comportement, je compris qu'il avait réagi aux appels. Mais aussi positif que ce soit, cela ne me suffisait pas. Il devait se manifester plus clairement, en s'exprimant. Curieusement, il resta muet. Ma stratégie tournait court. Se méfiait-il ? Mari m'appela encore. Aucune réaction de la part de Juan. Force était de me résigner à l'échec. C'est alors que, sur le point de rejoindre Mari, je saisis, par pure curiosité, le portrait de sa femme Maria, au très beau visage. À ma grande surprise, mon geste déclencha chez Juan Salvador une réaction aussi indignée qu'imprévue. Sans le vouloir, j'avais blessé une susceptibilité, et bien pire, ravivé une blessure jamais refermée. Je tenais là en quelques sortes son talon d'Achille. Juan fronça les sourcils, frappa le sol avec sa canne et me demanda d'une voix ferme de poser le cadre.

— Votre collègue vous a appelé deux fois, me dit-il, comme pour mettre un terme à l'entretien.

— Ah bon, je n'ai rien entendu.

— Si, si… insista-t-il.

De sa canne brandie, il me désigna la porte et me précéda sur le palier. Là, nos regards se croisèrent. Gêné, il baissa la tête, comprenant qu'il s'était trahi. Une franche mise au point pouvait enfin s'engager. Je commençai par démontrer que contrairement à ce qu'il soutenait, il avait bien entendu le tapage dans la cuisine, au petit matin du 17 janvier 1970. Mais il refusa de l'admettre et notre longue conversation consacrée à ce point capital de sa première déposition n'altéra en rien son point de vue. Aux alentours de vingt heures, je pris congé en exprimant les regrets que m'inspirait son attitude peu coopérative. Il s'en moquait. Mes propos n'eurent aucun effet. Il n'avait qu'un désir : que je parte ! Quand il m'accompagna sur le pas de sa porte, je lui demandai de ne plus m'importuner par ses appels téléphoniques. Nous nous sommes quittés avec froideur.

Place de la mairie et sous une pluie battante, Mari et moi avons fait le point. Juan Salvador ne collaborait pas, ce qui nous parut étonnant. Force nous était de reconsidérer notre opinion sur le vieil homme. Que cherchait-il ? Que savait-il ? Voulait-il protéger quelqu'un en particulier et pourquoi ? L'orage qui s'abattit sur Mirepeisset écourta notre discussion. Mari regagna sa brigade, à Ginestas, et moi mon bureau à la Brigade de Recherches de Béziers.

L'armistice fut de courte durée. Dès le 4 novembre, Juan multiplia les appels téléphoniques pour essayer de me joindre. Conformément à ma décision, j'avais donné consigne au gendarme de permanence de ne pas donner suite aux sollicitations de M. Juan Salvador. Je n'avais aucune raison de lui donner satisfaction. Par ailleurs, d'autres affaires en cours m'accaparaient. Mais le hasard est capricieux. Le 9 novembre vers dix heures, je me trouvais à proximité du bureau du gendarme de permanence lorsque le téléphone sonna. Par réflexe, je décrochai. C'était Juan, à la voix à peine audible. Il me reconnut. Il était content de pouvoir enfin me parler.

Nous avons échangé quelques paroles de courtoisie. Sa voix trahissait une grande faiblesse. J'en fus touché. Une fois de plus, il sollicita une entrevue. Il avait des choses importantes à me dire, paraît-il. Je me méfiais. Pour Juan, tous les prétextes étaient bons pour rompre sa solitude. Je le savais rusé. Mais son état général m'incitait à l'indulgence et j'accédai à sa demande.

C'est le lendemain que je pris la direction de Mirepeisset, jurant mes grands dieux que c'était bien la dernière fois que je rendais visite à Juan Salvador. À cette date, une nouvelle accaparait l'actualité, à savoir la mort du général de Gaulle, décédé la veille dans sa maison de Colombey-les-Deux-Églises, vers dix-neuf heures quinze minutes. La presse, écrite et télévisée, retraçait les étapes de la carrière de l'homme politique hors pair qui avait échappé à deux attentats, grâce aux bons réflexes de son chauffeur, Francis Marroux. La première fois le 8 septembre 1961 à Pont-sur-Seine, dans l'Aube, quand il était parvenu à garder le contrôle de la DS présidentielle malgré le souffle de la bombe déclenchée par les membres de l'OAS au moment du passage du véhicule, la seconde fois le 22 août 1962, au Petit-Clamart, quand la voiture présidentielle essuya le tir de quelque cent cinquante projectiles, dont l'un avait frôlé la tête de madame de Gaulle. Mais Marroux avait, comme prévu, conduit le véhicule dont il avait la charge jusqu'à l'aéroport militaire de Villacoublay. On le disait timide, mais il était de ces timides dont la retenue naturelle recèle une exceptionnelle réactivité à l'imprévu et une froideur d'exécution à couper le souffle.

Ce jour-là, j'ai appris avec fierté que Francis Marroux était un gendarme et j'étais loin de me douter que, des années plus tard, lors d'un déplacement à la gendarmerie de Montélimar, je ferais sa connaissance. Retraité, il était de passage à la brigade, pour saluer ses collègues. Le commandant me le présenta. Je me souviens que Marroux fut surpris par mon accent méridional. Il me demanda de quelle ville j'étais. À l'évocation de Narbonne, il se déclara passionné de rugby et me cita les noms de plusieurs joueurs de notre club, François Sangalli, Jo Masso, Gérard Viard et bien sûr, les Spanghéro. Notre conversation dura un bon quart d'heure. Puis il quitta le bureau avec l'élégance qui le caractérisait. Je garde de lui l'image d'un retraité sympathique, discret et réservé, d'une timidité dont je connaissais toutes les ressources. Depuis, je me pose à son sujet une question très personnelle : aurait-il accédé à ma demande si je l'avais interrogé au sujet de ses prouesses accomplies au service du général de Gaulle ? Je ne pense pas. Décédé en 1987, Francis Marroux a emporté dans la tombe les aspects les plus intimes du courage qu'il a déployé dans des circonstances historiques. C'est mieux ainsi.

Il devait être dix heures trente, le mardi 10 novembre, quand je garai le véhicule sur la place de la mairie de Mirepeisset. D'un pas alerte, j'empruntai la rue du Minervois en direction de la maison de Juan Salvador. J'étais impatient de connaître la raison de ses appels, mais je pestais aussi à l'idée qu'il puisse, une fois de plus, abuser de ma sensibilité. J'annonçai mon arrivée par deux secs coups de sonnette. La porte s'ouvrit et, après les salutations d'usage, j'entrai dans la cuisine. La tasse posée sur la table désignait ma place. Juan me servit, puis vint s'asseoir à mon côté, ce qui me surprit, parce que d'habitude, il s'installait en face de moi. D'une voix mal assurée, il m'exposa les examens médicaux qu'il avait endurés à l'hôpital de Narbonne et dont les résultats, hélas, lui laissaient peu d'espoir de guérison. Il savait que la vie lui échappait mais refusait de s'apitoyer sur son sort. Puis, il enchaîna sur la mort du général de Gaulle, diffusée par la radio. Il se montra très élogieux à l'égard du disparu, et sa passion pour l'histoire me valut un exposé de grande qualité, que vinrent gâter à l'improviste des considérations malvenues sur le général Franco. Je soupirai, pour lui faire comprendre que je n'étais pas venu pour ça. Allait-il encore me jouer la comédie du malade ?

Il posa sa tasse, s'interrompit quelques secondes, puis me regarda droit dans les yeux. Des larmes coulaient sur ses joues. Une fois de plus il évoqua sa maladie incurable, mais cette fois pour préciser qu'elle l'obligeait à dire la vérité, afin de soulager sa conscience. Il baissa la tête quelques secondes et se tut à nouveau. À quoi pensait-il ? Brisant le silence et d'une voix paisible, il me lança :

— C'est moi qui ai tué mon fils José !

J'en eus le souffle coupé et j'entendis la petite cuiller que je tenais tomber sur le sol. Était-il devenu fou ? Sa maladie le conduisait-elle au délire ? Au cas où j'aurais mal entendu, je le priai de répéter, ce qu'il fit :

— Oui, c'est moi qui ai tué José.

J'étais abasourdi. J'avais tout imaginé, sauf pareil aveu. Je lui rappelai que ce qu'il me disait-là était lourd de conséquences, car j'étais officier de police judiciaire. Par respect pour son âge, je lui offris bien volontiers la possibilité de se rétracter. Mais, avec calme, il confirma sa confession. Puis il se mit à bafouiller et j'eus du mal à saisir :

— Je ne voulais pas. C'est un accident.

Enfin, il se prit la tête entre les mains et pleura sans retenue. Il était anéanti. Très conscient de son désarroi, je l'abandonnai un instant au salutaire affrontement qui se déroulait en son for intérieur, le fameux forum où se déroule en chacun de nous l'âpre combat du bien contre le mal. Un moment, je détournai mon attention vers ma tasse de café, respectueux du débat en cours, confiant dans la victoire de son caractère sur l'épreuve qu'il endurait. Enfin, l'émotion atténuée, Juan Salvador tendit vers moi une main apaisante et me fit le récit complet de la tragique journée du 17 janvier 1970. À cette époque, ses jours et ses nuits se déroulaient de façon immuable. Il se couchait tôt, dormait les volets fermés et la fenêtre ouverte, ce qui lui permettait de se repérer la nuit sans consulter sa pendulette, grâce aux cloches qui interféraient doucement avec son sommeil, toujours léger.

Le 17 janvier, deux heures du matin avaient sonné depuis une demi-heure, lorsque des chants rauques caractéristiques de l'ébriété l'avaient réveillé pour de bon. José rentrait du bistrot, ivre. Tout d'abord ce comportement inspire de la honte au vieil homme, qui tire fierté de ne s'être jamais fait remarquer dans le village. Mais il sait d'expérience que son fils va sombrer dans un sommeil de brute. C'est ainsi tous les vendredis depuis qu'il vit séparé de Léa, sa femme.

— Ce comportement ne me plaisait pas du tout, mais je comprenais. Ça n'allait pas dans le ménage, d'accord, mais c'était mon garçon, un bon travailleur, je vous assure. L'alcool, le bistrot de chez Léon, c'était tout ce qui lui restait.

Mais ce matin-là, l'imprévu l'avait emporté sur la routine. La porte d'entrée s'ouvre avec fracas et deux voix s'affrontent dans le hall. Juan reconnaît aussitôt celle de son fils, mais non pas celle de l'autre personne.

Que cela signifie ? se demande-t-il. C'est bien la première fois qu'il ne rentre pas seul. Curieux, Juan tend l'oreille. Mais cette autre voix, ne serait-ce pas celle de… peut-être… sûrement même ! Lucien Duval, l'ancien ami, ou plutôt l'ami d'autrefois, car il les sait fâchés. Ils ont dû se réconcilier, pense-t-il. La fin de soirée, ou plutôt le début du petit matin, se poursuit dans l'allégresse. Des bruits de bouteilles cassées ponctuent l'hilarité des deux compères. Le vieil homme n'aime pas ça. Il renonce à s'endormir, s'habille, saisit sa canne. À cet instant, me dit-il, quatre coups sonnent au clocher de l'église. Du haut de l'escalier il remarque que le hall et les communs s'éclairent pour replonger aussitôt dans le noir. Un claquement de porte résonne dans la nuit. Lucien Duval a dû partir…

À cet instant du récit me revint en mémoire la première déposition d'Adèle Brun affirmant que la lumière s'était éteinte après le départ de Lucien Duval, à cause, pensait-t-elle, d'une coupure de courant. En fait, c'était José qui, de l'intérieur, avait actionné l'interrupteur. Il était donc alors en vie, et Duval ne pouvait être l'assassin. Élémentaire, comme aurait dit un célèbre détective. Pourtant, ces éléments avaient échappé à la perspicacité de l'adjudant Laffont.

Au pied de l'escalier, Juan Salvador distingue dans la pénombre son fils qui titube. Il voit et entend sa tête heurter l'encadrement de la porte de la cuisine. Le malheureux a trop bu, il ne se contrôle plus, saigne du cuir chevelu. Son père parvient à l'asseoir sur une chaise. La cuisine est jonchée de bouteilles brisées et de taches de sang. Il sermonne son fils qui lui tient des propos incohérents et continue de boire. Juan tente un appel à la raison et pour toute réponse, reçoit des grossièretés. Inacceptables pour un père. Excédé, il assène alors deux coups de canne sur la tête de son fils, qui bascule et s'étale, sur le carrelage, inerte. Il lui demande de se relever, mais José ne répond plus aux appels. La peur s'empare du vieillard. Il est effrayé…

Juan Salvador se dit alors qu'il a tué son fils et maudit sa canne, jusqu'à cet instant objet aimé, mais désormais source de malheur. Elle lui répugne. Il ne veut plus la voir, s'empresse d'aller la cacher derrière une pile de fagots de sarments dans la remise attenante au hall. Puis, pris de panique, il appelle la gendarmerie de Ginestas et raconte la scène qu'il vient de vivre. « Ne touchez à rien on n'arrive », lui dit-on. En attendant, il fait le guet, réfléchit et finit par considérer son geste comme un accident, puisqu'il n'avait pas l'intention de tuer son fils. Il dira tout simplement les faits tels qu'ils se sont produits. Les gendarmes ne pourront que le croire et accepter cette évidence. La voiture de la gendarmerie se gare devant la maison. Juan ouvre la porte et surprend les militaires en conversation avec Adèle Brun. Il comprend qu'elle a vu Lucien Duval sortir de la maison et « qu'il était dans un piteux état ». « On tient le coupable » commentera un des gendarmes. Cette phrase lui fera perdre ses repères. Dès lors Juan Salvador sombrera dans l'infernale spirale du mensonge.

Le récit me parut sincère et cohérent, mais restait à découvrir l'arme du crime, la canne. À l'issue de ses déclarations s'effectue la perquisition en règle de sa maison. Dans la remise attenante où il conduit bien volontiers les enquêteurs, derrière une pile de fagots, on retrouve sans difficulté la canne encore souillée de sang. Un sang du même groupe sanguin que celui de José Salvador, ce que l'analyse scientifique révèlera plus tard.

L'enquête criminelle était arrivée à son terme. Il ne restait plus qu'à la finaliser. Aussitôt informé, le juge Fleuriau ordonna que Juan Salvador fût conduit dans les bureaux de la Brigade de Recherches où serait poursuivie l'audition, « loin des lieux du drame, dans un cadre officiel et rassurant » car, au fond de lui, le juge admettait mal l'idée de la culpabilité du vieillard. C'est pourquoi, il se fit répéter ses aveux, lesquels innocentaient Duval. En définitive, le juge demanda que les confessions fussent retranscrites sur un procès-verbal officiel. Quant à la remise en liberté de Lucien Duval, elle « interviendrait à un stade ultérieur ».

Au moment de boucler sa valise, Juan, inquiet, me demanda s'il pourrait revenir chez lui à l'issue de sa déposition. Cela me gênait, car mon devoir de vérité s'accommodait mal de mon souci de ne pas le blesser. Par ailleurs, je le soupçonnais un peu de vouloir me manipuler. Oubliait-il ses aveux ? Me prenait-il pour un naïf ? Au vu de son âge et son état de santé, je ne pouvais décemment me montrer intraitable. Son regard implorait une indulgence hors de ma portée. Je posai doucement la main sur son épaule gauche et lui dis franchement :

— Non, pas tout de suite, Juan. Vous reviendrez dans votre maison, mais plus tard.

Il se mit à pleurer. Avec des mots appropriés, je tentai de le rassurer, suggérant qu'en considération de son âge, les juges se montreraient sans doute indulgents.

Me crut-il ? Je l'ignore. Mais il parut s'apaiser. Il prit un mouchoir, se sécha les yeux. J'éprouvai du soulagement et aussi de la honte car je lui avais menti. Il faisait peine à voir et, de mon côté, je me sentais mal à l'aise.

D'aucuns s'étonneront peut-être de mes scrupules, mais en l'occurrence des raisons mal analysées à ce moment m'inclinaient à une certaine mansuétude vis-à-vis de ce vieil homme au crépuscule de sa vie tourmentée. L'issue était pourtant inéluctable. La prison serait la dernière demeure de Juan Salvador. Sur le point de partir, il me demanda l'autorisation de prendre la photo de famille, sur le rebord de la cheminée. Satisfaction lui fut donnée. À quinze heures, nous quittions le village.

Lors de sa garde à vue, Juan Salvador confirma l'intégralité de ses aveux, répondit à toutes les questions. En particulier, il maintint que la mort de son fils était accidentelle, ce dont j'étais convaincu. Il sut aussi orienter l'interrogatoire sur le sujet de sa belle-fille Léa, dont il admirait, disait-il, les qualités de ménagère et la capacité de travail, à la vigne notamment. Elle se préoccupait même de la santé de son beau-père, cette bru idéale. Mais un jour, cette belle image d'exemplarité s'était irrémédiablement ternie, un jour fatidique, quand il l'avait surprise dans les bras de celui qu'il considérait comme son fils, Lucien Duval, lequel avait grandi aux côtés de son fils José, son ami de toujours. Depuis, il éprouvait pour ce fourbe une haine inexplicable. Lucien Duval était le responsable de tous les malheurs de sa famille. À cette évocation, il pleura et se tut un long moment. Je m'abstins de tout commentaire et fis mine de ne lui prêter aucune attention. Je le laissai dans son monde où les souvenirs, les bons et les mauvais devaient se bousculer. Je me levai pour aller lui chercher un verre d'eau, que je déposai ensuite à portée de sa main, toujours sans mot dire. Il eût été indécent de ma part d'interférer avec les plus préoccupants, les plus intimes de ses souvenirs. Mais du coin de l'œil, je l'observai.

Parfois, son regard se posait sur l'une de nos fenêtres ouvertes avec, au loin, l'espace, le grand air et la liberté. La fraîcheur d'un vent léger l'aidait à rester éveillé et à lutter contre la fatigue. Dehors, les réverbères nous inondaient de leur triste lueur, aussi lugubre que le regard du vieil homme. Je respectai son silence, qui dura une bonne demi-heure. Enfin il reprit la parole pour évoquer cette fois ses longues surveillances le long du chemin de halage longeant le canal du Midi. Il me situa avec précision le cabanon qui abritait les rencontres des deux amants. Son ton me disait clairement le mépris qu'il nourrissait à l'égard de Léa. De la poche intérieure de sa veste bleue de paysan, il sortit deux feuilles de papier froissées, qu'il appelait son « calepin ». Avec une minutie déconcertante, il avait répertorié, jour après jour, les rendez-vous et leurs horaires, minuté la durée des ébats dans le cabanon et même la météo du jour. Il regretta de ne pas avoir eu un appareil photographique pour immortaliser les rencontres entre Léa et Lucien Duval. Il me tendit son calepin, avec un petit sourire, ajoutant « Vous voyez, j'aurais fait un bon gendarme ». Je ne sais pas si Juan Salvador aurait fait un bon militaire, mais ce que je peux affirmer, c'est qu'il excella dans son besoin de surveillance. En effet, ses notes étaient dignes d'un travail d'investigation effectué par un service de police judiciaire. Le précieux calepin relatant toutes les rencontres des amants du canal du Midi fut mis sous scellés, et transmis au juge d'instruction.

Un autre aspect de l'affaire me tenait à cœur. Je jugeai le moment venu de l'aborder enfin : pour quelle raison, cet homme austère, rigoureux avait-il laissé peser sur Lucien Duval une injuste accusation de meurtre ? Juan esquissa un petit sourire gêné et me répondit que c'était sa façon à lui de punir Duval pour son « manque de loyauté ». J'en frémis, à l'idée de penser à ce qui serait advenu de Lucien Duval si le patriarche avait prématurément disparu ? À cette question, il m'apporta une réponse. Prévoyant, Juan Salvador avait pris de rationnelles dispositions, en déposant chez son notaire de Sallèles-d'Aude, dans le courant du mois de mars 1970 une enveloppe cachetée portant la mention « À n'ouvrir qu'après mon décès ». À l'intérieur, une simple feuille relatait les circonstances exactes de la mort de son fils José, ce qui avait l'heureuse conséquence de disculper Lucien Duval. Bien entendu, je lus scrupuleusement l'ensemble du document, rédigé dans un français approximatif mais compréhensible. Aucun mensonge n'entachait ce testament, qui fut saisi et annexé à la procédure comme pièce à conviction.

Ainsi se termina l'audition de Juan Salvador. Dans l'attente de son transfert au Palais de justice, nous avons parlé de choses et d'autres. Je ne voulais ni le brusquer ni ajouter à son épreuve. Il menait un dernier combat contre la mort, et lorsqu'il me demanda une dernière faveur, celle de ne pas passer tout Noël en prison, « si jamais il était encore de ce monde » précisa-t-il, j'accédai à sa sollicitation, ce qui ne m'engageait à rien ou à si peu, puisque j'étais de permanence. Il m'en remercia.

Le 12 novembre 1970, Juan Salvador fut présenté au juge d'instruction, auquel je fis part de ses doléances. D'emblée, le juge Louis Fleuriau me parut réticent et s'enferma un moment dans son bureau, avec l'ensemble de la procédure criminelle que je venais de lui remettre. Je comprenais sa réaction. Reporter l'interrogatoire du suspect affecterait l'intégralité du dossier et retarderait le travail du magistrat, car dans un dossier ouvert au cabinet d'instruction et lorsque le juge a auditionné l'accusé sur le fond de l'affaire, aucun officier de police judiciaire ne peut l'entendre, et ce, sous peine de nullité de l'entière procédure. Or, à quelques semaines de son départ, le juge Fleuriau voulait éviter tout recours.

Je patientais dans la salle des pas-perdus, en compagnie de l'avocat du patriarche, lequel faisait de son mieux pour rassurer son client. Plus de vingt minutes s'écoulèrent avant que la greffière nous fasse enfin entrer dans le bureau du juge d'instruction. Juan Salvador se trouva alors face à l'un des hommes les plus puissants de France, un de ces hommes qui n'ont de compte à rendre qu'à leur seule conscience, un homme doté du pouvoir régalien de l'envoyer en prison. Le juge le fit asseoir en face de lui, puis demanda à la greffière de prendre note de toutes les interventions. À ma grande surprise, il limita l'audition à un court rappel de l'état civil de l'inculpé, de sa domiciliation et à cette seule question :

— Maintenez-vous les aveux que vous avez faits aux gendarmes ?

Après un court échange avec son conseil, Juan répondit par l'affirmative. Le juge lui expliqua alors qu'il serait interrogé plus tard sur le fond de l'affaire ce qui lui permettrait de préparer sa défense. Je reconnaissais là la subtilité caractéristique de son art de l'interrogatoire. Se tournant vers moi, il annonça alors l'audition pour le début du mois de janvier 1971, signa le billet d'écrou, qu'il me tendit avec un petit sourire de connivence. Juan Salvador, partit pour la maison d'arrêt de Béziers, où, par une cruelle ironie du sort, se referma sur lui la cellule occupée peu auparavant par... Lucien Duval.

Le meurtre de José Salvador élucidé, prit fin le détachement du gendarme Mari au sein de la Brigade de Recherches. Il était temps pour lui de regagner sa brigade territoriale d'origine, celle de Ginestas. Je le remerciai pour sa pertinente collaboration et les qualités humaines qu'il avait manifestées au cours de l'enquête. Il rêvait d'incorporer le groupe de la Brigade de Recherches. Son comportement, sa motivation sans défaut lui ouvrirent la voie de son ambition : devenir un personnage important de l'institution. Il intégra tout d'abord la prestigieuse École des Officiers de Gendarmerie de Melun et, plus tard, dirigea l'une des plus importantes Sections de Recherches de France, celle de Paris. Il y déploya des aptitudes telles qu'il devint le plus jeune général qu'ait connu la Gendarmerie. À deux ou trois reprises, nos chemins se sont croisés. Mari m'a toujours témoigné la déférence devenue au fil des ans un des critères de sa personnalité.

Aux cours des semaines suivantes, Juan Salvador fut entendu à quatre reprises dans les locaux de la Brigade de Recherches, et ce, à la demande du juge Fleuriau, conformément au formalisme qui préside la sortie de prison d'un prévenu. Le juge d'instruction maîtrisait parfaitement les subtilités de cette délicate procédure, grâce à laquelle je pouvais entendre le vieil homme à ma convenance, mais dans le cadre règlementaire de l'instruction.

Lors de ces auditions, Juan Salvador était conduit à mon bureau vers neuf heures du matin par les hommes du peloton de Surveillance et d'Intervention de la Gendarmerie. Aussitôt, le rituel se mettait en place. Nous échangions d'abord quelques mots de courtoisie sur les conditions de sa détention et son état de santé. Puis, il ôtait sa veste, s'asseyait à côté du pupitre et attendait le café de bienvenue, ainsi que les journaux du jour et des jours précédents empilés sur le bureau. Méticuleux, il s'assurait tout d'abord de leur ordre chronologique et s'adonnait ensuite à la lecture. Le silence s'instaurait entre nous. Parfois, comme pour se dégourdir les jambes, il se levait, se dirigeait vers la fenêtre et observait les mouvements de la rue. Du coin de l'œil, j'empiétais un peu sur ce moment d'intimité. Le regard fixé sur l'horizon, il s'abandonnait à ses pensées, sans doute aux souvenirs de l'Andalousie, de Maria et de son fils José. Je me gardais d'intervenir, respectueux de ce repliement sur soi.

De longues minutes s'écoulaient, puis il reprenait sa lecture. Vers onze heures, je le rappelai enfin à nos obligations respectives et la déposition pouvait commencer. De temps en temps, la fatigue le contraignait à solliciter une pause. J'acquiesçais volontiers et le laissais en paix devant une tasse de café. L'esprit ailleurs, il restait muet. Ainsi s'écoulait l'après-midi. Parfois, il reprenait notre conversation comme si de rien n'était. Puis, aux environs de dix-huit heures, Juan repartait vers la prison.

Toutes les semaines, les lundis et jeudis de préférence, je lui ouvrais les portes de mon bureau, ce dont il me savait gré. Au fil des jours, j'observais les signes de son affaiblissement. En fait, il avait peu à me dire, et ne s'exprimait que pour s'éloigner de son environnement immédiat. Nos rencontres à répétition lui permettaient en quelque sorte de s'évader de sa cellule. Tout lui était bon pour faire durer. Il revenait par exemple sur la formulation de certaines de mes questions. Quelquefois, il se détendait, me concédant que le plaisir de nos conversations l'emportait sur le charme de sa cellule, ce dont je me doutais un peu. Il prit même l'habitude de multiplier les questions futiles à l'heure fatidique du retour en prison. Histoire de gagner un peu de temps… Je me prêtais bien volontiers à cette ruse. En guise de « Au revoir » il s'exclamait : « À bientôt, je suis toujours disponible ». Nous échangions bien sûr un sourire de connivence, impatient qu'il était de connaître le jour de notre prochaine rencontre. Je m'en étonnais. Non, non, je suis sérieux, m'assurait-il. Je fixais alors la date du prochain rendez-vous, ce qui le rassurait, bien qu'il m'arrivât parfois de ne pouvoir tenir parole, en raison d'obligations urgentes. Mais cela suffisait à lui remonter le moral. J'en étais heureux pour lui. C'était bien là le principal.

Au fil de nos rencontres, s'imposait à moi une cruelle évidence : son état de santé empirait, ce qu'il manifestait par une indifférence sans cesse marquée pour les questions dont nous devions débattre. Il marchait difficilement. Mais son délabrement physique n'affectait en rien l'admiration que je lui portais. Bien au contraire, j'en arrivais même à douter de sa culpabilité. Des interrogations embrouillaient mon esprit. Peut-être ce sacré sixième sens. Quelque chose, un je-ne-sais-quoi, me poussait à être prudent. Des questions de détails me tourmentaient, et de fil en aiguille, je formulais *in petto* l'impensable : « Et si Juan Salvador n'était pas coupable ? ». Je ne pouvais plus me résoudre à voir dans cet attachant vieillard l'assassin de son fils, fût-ce par accident. Après tout, malgré ses aveux, manquait une pièce du puzzle…

En fait, mes doutes flattaient mon respect pour cet homme usé, meurtri, courageux, très conscient qu'il allait perdre le dernier combat de sa vie. En rêvant de son innocence, je me haussais au niveau de tout ce qu'il m'inspirait, l'admiration que je vouais à ses épreuves et à sa dignité, ainsi qu'à tous les sentiments d'amour qui nous liaient à l'Espagne.

Il me vint une idée, comme un ultime recours, une branche pour enrayer une chute, une tentative désespérée pour conjurer le mauvais sort : je demandais à un collègue de prendre place sur une chaise et invitais Juan Salvador à refaire avec sa canne les gestes qui avaient causé la mort de José. Il ne se prêta pas de bon cœur à cette reconstitution, mais en ce qui me concernait le test fut concluant : au moment fatidique et diminué par la maladie, Juan n'avait pas disposé de la force nécessaire pour asséner des coups mortels. J'en étais convaincu ! Mais la preuve manquait et dix mois après les faits, elle serait difficile à fournir.

C'est alors qu'une information vint conforter mes soupçons : la veille de Noël, en fin d'après-midi, le laboratoire d'analyses biologiques me fit parvenir le résultat de la prise de sang, effectuée sur José Salvador le jour du meurtre. Curieusement, ce document s'était égaré un temps dans le cabinet médical. Le taux d'alcoolémie, 5,20 g/l m'impressionna. Avec autant d'alcool dans les veines, José avait dû frôler le coma éthylique, ce qui pourtant était loin d'être le cas puisque, les conclusions du docteur Cros en faisant foi, le décès avait été provoqué uniquement par des coups portés à la tête de la victime. Un autre détail m'intriguait : en ce qui concernait le défunt, le rapport ne mentionnait ni prise de sang ni taux d'alcoolémie. Pour en avoir le cœur net, je contactai un ami médecin, le chef des urgences de l'hôpital de Narbonne, lequel m'assura qu'un état comateux survient avec un taux d'alcoolémie qui peut varier de 2 à 4 grammes d'alcool par litre de sang et provoquer la mort. Ainsi se faisait jour une nouvelle hypothèse sur les circonstances de la mort de José Salvador. Décidément le juge Fleuriau avait raison de penser que cette affaire était plus complexe qu'elle ne paraissait. Quand il prit connaissance des nouveaux éléments, il s'emporta, stupéfait que cette analyse de sang n'eût pas été effectuée dès le début de l'affaire.

De vrais amateurs, commenta-t-il sans aménité.

Puis, une fois calmé, il s'étonna d'un taux d'alcoolémie aussi élevé et admit volontiers que ces nouvelles données changeaient la physionomie de l'enquête. Je lui proposai de remettre Juan Salvador en liberté en raison de son inquiétant état de santé et d'ordonner une autopsie du corps de José, car les causes de la mort étaient confuses. Le juge acquiesça pour l'autopsie mais refusa l'élargissement du détenu souhaitant de plus amples informations. Le médecin légiste fut retenu pour les premiers jours de janvier 1971. Le maire de Mirepeisset fut dûment informé de l'exhumation par les gendarmes. Les évènements s'accéléraient. Le meurtre de José Salvador allait-il connaître un incroyable rebondissement ?

Le jour de Noël, comme convenu avec Juan, je me rendis à la maison d'arrêt. Il devait être neuf heures trente. Le surveillant-chef en personne m'amena le vieil homme, à la démarche de plus en plus malaisée, mais toujours aussi résolu à quitter la prison. De retour dans mon bureau, il sourit d'aise, heureux de retrouver son café, les croissants que je lui avais achetés et ses journaux, en prélude à nos conversations, que je souhaitais aussi détendues que possible. Celle de Noël, à vrai dire, était de pure forme puisqu'il s'était déjà maintes fois exprimé sur ses actes. Je lui fis part des résultats de la prise de sang effectuée le 17 janvier 1970 sur son fils. Il m'écouta avec indifférence. Pour lui, tout cela appartenait à un passé révolu. Il reprit donc sa lecture, à peine commentée de murmures dont lui seul connaissait la teneur. De mon côté, je me montrais attentif et souriai pour le rassurer. Les traits tirés, le teint diaphane, il me paraissait au bord de l'incohérence. J'en éprouvais une telle inquiétude que je fus à deux doigts de le faire conduire à l'infirmerie. Malgré ses efforts, il peinait à dissimuler une certaine fatigue, tout en s'efforçant de me faire croire qu'il allait bien. Devant moi, se livrait le combat de la dignité et de l'épuisement. Mais vaille que vaille, notre conversation reprit, sans fil directeur, erra de sujets en commentaires pour vite sombrer dans l'ornière des préoccupations séniles, le temps qui passe et la mort qui approche. Il s'accrochait avec force à la vie et n'entendait y renoncer sous aucun motif comme si le fait d'en parler en abondance lui garantissait l'immortalité. Il demeurait, ce qui était légitime, intraitable sur ce sujet.

Je respectai cette hantise, endurai ces considérations de circonstance, et me résignai à l'inutilité de l'entrevue lorsque mon interlocuteur esquissa un sourire et, comme échappé du triste univers de ses pensées morbides, reprit son journal. J'attendis. Très peu, à vrai dire. À l'improviste, Juan s'exprima pour me poser un cas de conscience, me demandant ni plus ni moins de le conduire à Mirepeisset, pour « revoir sa maison une dernière fois », précisa-t-il. Requête peu banale. Redoutait-il la fin ? Lui seul le savait. Cette sollicitation me surprit et me gêna, dans la mesure où, une fois de plus, je devais choisir entre l'éthique professionnelle et l'inclination intime. Contrevenir à la règle pour des raisons inspirées par le cœur m'exposait à des sanctions disciplinaires puisque, ce faisant, je transgressais un règlement. Mais encore fallait-il que cela se sût, me dis-je en savourant par avance la réussite d'un projet que pouvait mener à bien, à la satisfaction des personnes concernées, le plus étanche des secrets !

Donc, j'opérai seul, sans informer mes collègues, même les plus proches. Depuis, des années se sont écoulées. Mais rien n'a filtré. J'en éprouve encore une intense jubilation. Il m'arrive même d'en plaisanter en secret, me disant que ma cachotterie a été protégée par l'hiver, car il est bien connu qu'en été, même les secrets transpirent ! Une fois de plus s'est vérifié que le règlement est une arme à ne brandir qu'en cas de crise. J'ai agi dans la discrétion, j'ai réussi et ainsi concilié mes responsabilités et les exigences du cœur.

Le vendredi 25 décembre, à treize heures trente, nous avons pris la direction de Mirepeisset. Des bourrasques de vent glacial avaient vidé les rues du village, mais la place de l'hôtel de ville étincelait du traditionnel sapin de Noël. Juan Salvador en fut émerveillé. Dès qu'il eut mis pied à terre, il se dirigea vers l'écurie communale pour renouer, en toute priorité, avec l'occupant des lieux, son fidèle cheval Tornado, lequel, avant même l'entrée du maître, poussa un hennissement de bonheur. Il avait reconnu son pas. Juan s'avança lentement, lui caressa la tête, s'approcha de son oreille et murmura un mystérieux mais très apaisant message. Pour la première fois de ma vie, j'assistais, sidéré, à une muette mais prenante manifestation de complicité entre un homme et son cheval. Un court instant, me sentant de trop, je m'éloignai, respectueux de ce moment d'intimité. Que pouvait bien dire Juan à Tornado ? Demandait-il pardon pour l'avoir abandonné ? Lui faisait-il ses adieux ? Je n'ai pas cherché à le savoir. C'était la première fois que je voyais Tornado, tout à fait conforme à la description qui m'avait été faite. Élégant, racé, intelligent et très attaché à son maître.

Le temps nous était compté, mais j'hésitais à interrompre ces épanchements. Enfin, Juan Salvador embrassa Tornado une dernière fois, sortit un mouchoir de sa poche, s'essuya les yeux et me rejoignit, très affecté par ces retrouvailles. Pour le ramener à une plus dure réalité, je lui donnai une petite tape sur l'épaule.

« Allons, Juan, continuons ».

Rue du Minervois, il scruta longuement la façade de sa maison avant d'y pénétrer, ému. Il se donna d'abord le plaisir d'un petit tour du propriétaire, rétablissant au passage l'ordre des choses tel qu'il l'avait laissé : une chaise éloignée de la table de la cuisine reprit sa place, un verre esseulé sur l'évier rejoignit le buffet. Dans la chambre, il s'arrêta devant la commode où souriait un portrait de Maria. Un peu de poussière sur le verre ternissait les traits de l'aimée. D'un revers de manche, Juan rendit tout son éclat au cher visage.

— Je peux l'emporter ? me demanda-t-il.

Je ne fis aucune objection. Dans le couloir, il passa devant la chambre de José, s'arrêta. Sur le lit, trainait une chemise à fleurs, qui avait sans doute appartenu à son fils. Juan la prit, s'assit un instant et la contempla, rêveur. L'assaut des souvenirs, une fois de plus…

Toujours nostalgique, de ce qui fut une autre époque, il me fit alors comprendre qu'il avait achevé son pèlerinage et quitta sa demeure en me laissant le soin de fermer la porte. Tristement, il laissait derrière lui tout un pan de sa vie. Une fois dans la voiture, il sollicita une dernière faveur, revoir la première vigne qu'il avait achetée avec sa femme Maria. Je commençais à trouver qu'il abusait de ma complaisance, mais j'acceptai. Il me guida vers la sortie du village, en direction de la route du Somail, qui menait à sa chère parcelle. Nous avons découvert une vigne soigneusement entretenue, bordée par le canal du Midi et ses platanes centenaires. Au centre de la vigne, un cabanon de pierres conférait au site la beauté mythique du Midi viticole. Quatre majestueux figuiers, dont on imaginait sans peine l'opulente frondaison estivale offraient aux promeneurs la promesse d'enchanteresses rêveries. Juan s'assit sur une grosse pierre, la canne entre les jambes et scruta le cabanon.

— C'est là qu'ils se retrouvaient. D'ici, caché par le feuillage des souches, je les apercevais sans être vu. Ils arrivaient l'un après l'autre par le chemin de halage et repartaient deux heures après, chacun de son côté.

Certes, je comprenais qu'il s'agissait de sa belle-fille Léa et de Lucien Duval. Mais je m'abstins de tout commentaire, soucieux de ne pas raviver une blessure, ce qui, d'ailleurs, n'aurait servi à rien. De lui-même, Juan changea de sujet, préférant évoquer les sacrifices consentis par Maria et lui pour acheter cette vigne, dont l'acquisition irrita certains habitants du village, offusqués qu'un Espagnol, un étranger, puisse devenir propriétaire. Ouvrier agricole, oui, mais propriétaire ? On avait tout vu ! Il poursuivit décrivant la méchanceté des gens et les quolibets subis par sa famille. Ce qui l'affecta profondément. Je comprenais parfaitement l'évocation de cet état d'esprit pour y avoir été confronté dans ma jeunesse. C'était une autre époque…

Juan avait du mal à trouver les mots. Son menton tremblait. Respectant son chagrin, je m'éloignai un peu. Une bonne demi-heure s'écoula ainsi avant de reprendre le chemin de la maison d'arrêt de Béziers.

Pendant le trajet, le plaisir d'avoir revu sa maison, sa vigne et son fidèle Tornado l'emporta quelque peu sur la tristesse de sa condition actuelle. Il évoqua de nouveau ses sujets de prédilection : son adolescence, l'Andalousie, sa famille, ses amis. J'écoutais respectueusement ce repli vers le passé et l'amour du pays natal dont l'éloignement n'altérait en rien un culte qui confinait à la piété, même s'il lui fut infidèle. Puis, changeant de sujet, il parla de sa mort prochaine, avec calme et lucidité. Qui s'occuperait de ses obsèques, alors qu'il n'avait plus de famille ? De fil en aiguille, Léa finit par s'immiscer dans la conversation et je tentai de suggérer un rapprochement, peut-être une réconciliation. En vain. Juan, d'un geste rageur, repoussa cette idée. Je n'insistai pas, d'autant que les murs de la maison d'arrêt se profilaient à l'horizon.

Quelques minutes après, Juan, pris en charge par un surveillant, regagna sa cellule. J'ignorais alors que je venais de lui parler pour la dernière fois.

Dans la matinée du mardi 29 décembre, la greffière du cabinet d'instruction m'informa de la levée d'écrou de Juan Salvador. Il était libre ! Le juge Fleuriau avait fait droit à ma demande. Mais soudain en proie à de graves malaises, Juan avait été aussitôt admis à l'hôpital de Béziers. Je lui rendis visite mais ne pus échanger quelques mots avec lui. Il se trouvait plongé dans un profond sommeil et ne réagissait ni à ma voix, ni au contact de mes mains. La maladie avait resserré son étreinte. Il reposait dans une chambre austère, délabrée, nue, impersonnelle, ce qui me révolta. Avec l'agrément du juge, j'allai récupérer dans sa cellule les deux photos qui humanisaient sa table de nuit. La chambre de l'hôpital parut ainsi moins triste et Juan moins seul. Désormais il pouvait mener son combat d'arrière-garde contre la mort sous le regard bienveillant de sa famille aimée. Les jours suivants, je me renseignai sur son état. Aucune amélioration.

Mais l'enquête sur le meurtre de son fils ne connaissait pas de répit.

L'après-midi du mercredi 6 janvier, sur réquisition du juge Louis Fleuriau, la dépouille de José Salvador fut dirigée sur l'institut médico-légal de Montpellier.

L'autopsie est l'examen médical effectué le plus souvent par des médecins experts, spécialisés en anatomopathologie. Leur très délicate mission consiste à rechercher et à établir les causes de la mort. L'autopsie se pratique en présence des enquêteurs qui prennent des clichés photographiques. Les médecins procèdent à l'ouverture du corps pour inspecter, peser, disséquer et analyser les organes, afin d'établir avec certitude les causes réelles du décès, autant d'éléments essentiels à l'enquête en cours. Avec un collègue, j'ai assisté à l'étude médicale du corps de José Salvador. Elle dura près de quatre heures.

Le rapport des légistes bouleversa les données de l'enquête criminelle. En effet, selon ces spécialistes, la mort de José Salvador ne résultait pas de coups portés à la tête, comme l'avait d'abord suggéré l'examen de la boîte crânienne, qui ne portait en fait aucun hématome. Leurs conclusions étaient sans ambiguïté et même accablantes pour la justice. « *Les faibles coups de canne de Juan Salvador n'ont eu aucune incidence sur la mort de José Salvador* », disait le rapport. J'avais donc vu juste. Pour les légistes, il s'agissait d'une mort naturelle, due à un arrêt cardiaque provoqué par une forte absorption d'alcool. Ces conclusions confirmaient les résultats que j'avais demandés au laboratoire d'analyses, révélant qu'au moment de son décès, José Salvador avait un taux d'alcool dans le sang de 5,20g/l, cause de sa mort. Copie du rapport des médecins fut immédiatement envoyée par télécopie au juge d'instruction. Je savais d'avance que ces conclusions, de nature à remettre en cause toute l'enquête, le feraient sortir de ses gonds. Aussi, je m'abstins de l'appeler. Pour une fois les observations et la colère du juge pouvaient attendre. Dans la soirée, j'ordonnai que le corps de José Salvador regagnât discrètement le cimetière communal de Mirepeisset. Ainsi se termina cette journée à rebondissements.

Le lendemain, le juge Fleuriau me convoqua dès huit heures à son bureau. D'emblée, et comme je m'y attendais, il pesta contre les premiers magistrats et enquêteurs chargés de l'affaire. Je passe sur les propos déplaisants à l'égard de tel ou tel. Mais je me gardais d'exprimer que je partageais tout à fait son indignation. Le prétendu meurtre avait envoyé deux innocents en prison, et l'un d'eux, Lucien Duval, aurait, ni plus ni moins, risqué la guillotine. Par de petites allusions, le juge me fit comprendre qu'il désapprouvait mon silence. Je ne souhaitais pas donner libre court à une méchanceté gratuite. En fait, solidarité professionnelle et respect de la fonction judiciaire m'interdisaient de critiquer mes collègues et le procureur de la République. Tous portaient la responsabilité des ratés de l'enquête. J'avais toujours soutenu que la police judiciaire devait être dirigée par des officiers de police judiciaire spécialisés. En conséquence, je ne pouvais décemment adresser des reproches à des gendarmes de brigade territoriale dont les missions sont la surveillance et la constatation des infractions au code de la route. De la même façon, il eût été inélégant de critiquer le magistrat de permanence trompé par les premiers comptes rendus. Certes sa fonction l'autorisait à dessaisir les gendarmes de Ginestas au profit d'un service de police judiciaire chevronné. Mais dès le début, toutes les conditions paraissaient réunies pour un rapide dénouement de l'affaire. Lucien Duval était le coupable idéal. Seules les erreurs devaient être mises en exergue pour en conjurer de semblables à l'avenir. J'optais donc pour l'apaisement. Le reste devenait futile. L'enquête était résolue et c'était là le principal.

Le juge finit par en convenir. Les investigations avaient finalement abouti et les deux présumés coupables, Lucien Duval et Juan Salvador étaient à jamais hors de cause. Rasséréné, le juge me remercia pour le travail accompli et referma le dossier. Satisfait, s'ouvrait désormais pour lui une paisible retraite de magistrat exemplaire.

Quelques jours plus tard, sa greffière m'apprit le décès de Juan Salvador et m'informa que le juge me demandait d'assister à l'inhumation, en qualité d'officier de police judiciaire. La disparition de Juan m'affecta. Il existait entre nous, sinon de l'amitié, du moins la réconfortante certitude de partager des références communes. J'estimais Juan et c'est avec empressement que je me rendis à ses obsèques.

Le parvis de l'église Saint-Sébastien me parut bien vide. Selon l'expression consacrée, on pouvait compter sur les doigts d'une seule main ceux qui s'étaient dérangés pour la circonstance. En vérité, les habitants de Mirepeisset ne pardonnaient pas à Juan Salvador d'avoir laissé accuser Lucien Duval. Une telle attitude contrastait étrangement avec le respect dont la population avait autrefois entouré le vieillard. Pouvait-on leur en vouloir ? La position du défunt était en vérité complexe. Même Léa, la belle-fille, restait à distance, à Dax, loin des ragots de village et des querelles de famille. En mon for intérieur, je me reprochais de ne pas avoir mené à bien la réconciliation dont je rêvais. Qu'aurais-je pu faire, Seigneur ? Juan ne voulait rien entendre à ce sujet. Ce fut là un de mes regrets.

Le maire sut faire fi de toutes ces tergiversations et imposa sagement des obsèques selon le cérémonial coutumier. Une fois terminé l'office religieux, Tornado tira le corbillard paré de ses ornements et par un temps exécrable, le maigre cortège se mit en route vers le cimetière. Le vent mêlé de pluie soufflait en rafales, contraignant les présents à avancer tête basse. Quel symbole ! La lumière céleste de quelques éclairs embrasait déjà les plus hautes tombes. Les pauvres enfants de chœur, commis d'office pour ouvrir le cortège, ruisselaient de pluie. Le port de la croix devint si pénible qu'ils durent se mettre à deux pour la maintenir bien droite. À mi-parcours, le maire pria le sacristain de leur venir en aide. La tempête vitupérait contre les cœurs désunis de Mirepeisset. Le vent se jouait des feuilles de platanes, aussi véloces que des corbeaux. Je sentis mon képi vaciller et l'appuyai si fort qu'il en devint informe.

Parvenu au cimetière, Tornado s'approcha au plus près de l'entrée, comme s'il voulait, en une sorte de défi à la mort, protéger son maître de la pluie diluvienne. À l'instant où le cercueil, porté par des employés communaux, franchit la grille, Tornado se cabra, émit un hennissement de douleur qui fit frémir l'assistance. À sa façon, l'animal saluait une dernière fois celui qui s'était voulu son protecteur et son ami. Un détail attira mon attention : des larmes. On dit que les chevaux ne pleurent pas, pourtant j'ai vu des larmes couler des yeux de Tornado. Mais peut-être mon esprit a-t-il posé des larmes imaginaires sur les yeux de Tornado, peut-être ai-je tant désiré associer Tornado à ma peine, que l'affection que je lui portais a projeté des larmes au coin de ses grands yeux sombres…

Juan Salvador fut porté en terre comme il le souhaitait, près de sa femme Maria et de son fils José.

Dès le lendemain et en l'absence du juge d'instruction, je fis le compte rendu circonstancié à sa greffière Louisette, de la mission qu'il m'avait dévolue sur commission rogatoire : « *Superviser et mener à bien, en concertation avec le maire du village de Mirepeisset, les obsèques de Juan Salvador. M'informer sans délai de toute difficulté* ».

Depuis plusieurs années, Louisette, greffière patentée du juge Louis Fleuriau, alliait, dans son comportement redouté, la compétence professionnelle et l'intransigeance d'une loyauté sans faille à l'égard de celui dont elle constituait la plus vigilante des gardes rapprochées. Célibataire vouée au service de proximité d'un personnage dont elle admirait la stature sociale, elle assurait les multiples tâches d'humble apparence qui épargnaient au juge de disperser son énergie et lui permettaient de rester concentré et parfaitement disponible pour les affaires en cours.

Belle femme aux cheveux roux, grande, svelte, soignée de sa personne, elle était d'un abord agréable, mais strict et d'un seul regard savait dissuader toute tentative de critique ou simplement de propos entachés de réserve à l'égard de celui dont elle filtrait avec soin les visiteurs et solliciteurs. Agréable, certes, mais pour qui se pliait d'instinct à ses exigences en matière de comportement, de choix de propos, de façons de s'exprimer. Une faute, voire une simple peccadille déclenchait chez elle un inexpiable rejet et chacun savait que mieux valait être en bons termes avec madame la greffière. Entre autres, elle était chargée par le juge d'instruction de suivre le délai d'exécution d'une enquête. En cas de retard dans le retour d'une affaire, elle n'hésitait pas à déclencher une relance officielle directement auprès de la hiérarchie du fonctionnaire concerné, ce qui assurait ce dernier d'un retour fracassant avec demandes de justifications et d'éventuelles sanctions disciplinaires en retour. « Quand le courant passait », Louisette adressait la relance directement, ce qui évitait bien des problèmes.

Personnellement, j'étais dans ses bonnes grâces depuis que j'avais réglé à son avantage un problème de mise en fourrière de son véhicule. Pensant à tort que sa position de greffière l'autorisait à garer n'importe où sa vieille Renault 12 de couleur jaune, connue à la ronde « comme le loup blanc », elle endura le désagrément d'une mise en fourrière, due à un jeune motard ignorant des usages. Le hasard voulut que je sois à ce moment-là dans son bureau. Louisette désemparée sollicita mon intervention et j'obtins gain de cause après une rude explication avec le gendarme, qui me confia un secret que je gardais scrupuleusement jusqu'au terme d'un raisonnable délai de prescription. Aujourd'hui, je peux enfin me libérer de ce « lourd secret » ! C'est à la demande du juge Fleuriau, un jour excédé par le zèle tatillon de sa collaboratrice, que la greffière avait été verbalisée ! Louisette en voulut longtemps à ce brave gendarme, mais elle ne se mit plus en infraction. Surtout, elle ne sut jamais le nom du donneur d'ordre.

Courant février, le juge Fleuriau m'invita à lui rendre visite. Allait-il me confier une nouvelle enquête ? À peine entrai-je dans le cabinet d'instruction que je surpris Louisette en train de s'essuyer les yeux, ce qui me rendit mal à l'aise. Que diable se passait-il ? D'habitude si diserte, elle cherchait ses mots et se contenta d'un geste pour me prier d'entrer dans le saint des saints. Fleuriau, détendu, me sourit :

— Accordez-moi quelques secondes, me dit-il.

Il acheva de parapher son courrier, qu'il laissa ensuite sur son pupitre, vierge de tout autre papier. Deux armoires contenant des dossiers dont le rangement laissait d'habitude à désirer, présentaient des étagères dignes de la Bibliothèque Nationale. Sur une chaise, l'imperméable et la sacoche de cuir du juge annonçaient un départ imminent. Sur un mur, manquait un tableau représentant le glaive et la balance, peint par un anonyme dont j'avais toujours compris qu'il souhaitait le rester. À sa place, un rectangle clair de tapisserie moins usée que dans le reste de la pièce. Les volets mi-clos donnant sur la rue ne laissaient passer qu'une lumière parcimonieuse dans ce bureau que son occupant, de toute évidence, allait quitter. Louis Fleuriau se leva, vint me saluer et m'annonça que l'heure de la retraite avait sonné. Il me conviait donc à un verre de l'amitié au café Montmorency. Le pardessus sur le bras, il quitta ce qui fut son domaine après l'avoir parcouru d'un regard circulaire et je lui emboitai le pas. Il ferma brusquement la porte, laissant derrière lui toute une vie de magistrat. Son visage ne trahissait aucune émotion. Au passage, il gratifia la greffière d'une accolade amicale, familiarité dont je n'avais jamais été le témoin et de sa part sans doute rarissime, surtout à cette époque. Ce témoignage d'affection si particulier me surprit. Cette étreinte, m'interpella. Et si… Mais était-ce mon imagination ou l'éternelle suspicion de l'enquêteur qui me trahissaient… Certainement !

À la brasserie Le Montmorency, face aux Halles, au Cours Mirabeau et à la Robine, devant un paysage urbain que le juge affectionnait, car je l'avais plusieurs fois observé à cet endroit, nous avons eu une conversation d'une quarantaine de minutes. Pour la première fois, Louis Fleuriau leva un coin du voile de sa vie privée. Veuf peu après son mariage, sans enfant, il n'avait pas refait sa vie et s'était consacré à son travail, dont l'évocation occupa l'essentiel de notre entretien. Il me parla avec force de la nécessité de créer une police scientifique, futur incontournable et élément probant des affaires criminelles, indispensable auxiliaire des enquêteurs et des magistrats. Grâce à elle, bien des erreurs judiciaires seront évitées, dit-il. Pensait-il à l'affaire de Mirepeisset ? Je n'ai pas osé le lui demander.

Il consulta sa montre, puis me confia qu'il quitterait bientôt Narbonne pour s'établir définitivement dans le fin fond de l'Espagne. J'ai eu envie de lui demander s'il s'agissait de l'Andalousie, d'où était issu Juan Salvador, mais une fois de plus je réfrénai ma curiosité, ne voulant pas réveiller en lui de mauvais souvenirs. Je crois qu'il m'a donné le nom de sa ville de prédilection. Mais après tant d'années, je l'ai oublié. Avait-il eu l'intention de me suggérer de lui rendre visite un jour, à l'occasion d'une mission en Espagne ? Je ne sais pas.

Sur le trottoir, au moment de l'ultime poignée de mains, il me remercia pour le travail accompli. À cet instant j'eus un petit pincement au cœur. L'institution judiciaire perdait un grand magistrat que j'appréciai. Sans notre différence d'âge et de statut, nous aurions pu devenir des amis. Je le vis se diriger vers le quai Vallière, avec la démarche d'un vieil aristocrate, parapluie à la main. Je me remémorais nos premières rencontres qui furent marquées par l'ambiguïté. Pourtant, à bien des égards, je me sentais plus proche de lui que de beaucoup d'autres. Au début, nos relations avaient été difficiles, teintées de méfiance réciproque. Mais nous avait rapprochés une communauté de goûts, de formation, d'évolution du métier d'enquêteur, de techniques d'interrogatoires et d'amour de l'Histoire, en particulier celle du temple de Salomon. Il faisait souvent allusion à ce temple, à ses architectes, à sa reconstruction, comme si j'étais un spécialiste de cet édifice symbolique. Je m'étais demandé pourquoi. Il m'a fallu des années pour comprendre.

Soudain, Louis Fleuriau disparut au coin d'une rue. Je ne l'ai jamais revu et n'ai jamais plus entendu parler de lui.

ÉPILOGUE

Le temps qui passe a jeté le manteau de l'oubli sur la tragédie de Mirepeisset, dont les acteurs ont pour la plupart disparu. Quant à moi, mémoire vivante de ce drame, je souhaite qu'un hommage à Juan Salvador survive longtemps au fait divers. Mon récit se veut le témoignage d'une réalité. La justice des hommes n'est certes pas infaillible, je le sais. Rien n'est jamais acquis, tout est à construire. Mais ne nous résignons jamais à l'erreur toujours possible. Toute enquête, aussi simple qu'elle paraisse, doit être menée avec la passion du vrai au service de la raison.

Lucien Duval, remis en liberté par le juge Louis Fleuriau, passa en coup de vent à Mirepeisset pour récupérer quelques affaires. Peu de gens l'aperçurent. Il rompit tout lien avec le village. Au café Chez Léon, les commentaires allèrent bon train. Pour certains, il était parti en Australie ou en Argentine, pays propices, paraît-il, à la prise de distance des mal-aimés sur leur terre d'origine. Pour d'autres, il filerait, en quelque lieu secret, le parfait amour avec la belle Léa, mettant ainsi un point d'orgue à une histoire d'amour victorieuse des épreuves passées.

J'aurais pu démêler le vrai du faux et sans doute serais-je parvenu à une conclusion des plus prosaïques. Mais, je n'ai pas voulu savoir. J'ai préféré laisser le village aux délices de ses fantasmes. Et j'aime conserver aux choses leur part de mystère.

Certaines histoires sont plus belles que les meilleures fictions. Des destinées plongées dans le malheur ? Des vies vouées aux légendes ? L'Histoire des Amants du Canal du Midi, par exemple. Cette affaire, qui a jeté sur Mirepeisset les feux de paille de l'actualité, a profondément marqué ma carrière d'enquêteur, non pas tant par ses rebondissements, mais à cause de ma frustration de ne pas avoir pu dire à un père qu'il n'était pas l'assassin de son fils. C'est bien là tout mon regret.

Juan Salvador se disait croyant. Je rêve qu'en l'au-delà, les anges qu'il vénérait lui auront dit la vérité. J'ignore si les paradis existe, mais si c'est le cas, que la famille Salvador, Maria, Juan et José y soient réunis pour l'éternité.

T.D.O Éditions, SARL

Composition, mise en page : TDO Éditions

ISBN : 978-2-36652-210-5

Réimpression novembre 2022

sur les presses de Laballery

Dépôt légal avril 2017

N° d'impression : 210664